疾風ロンド

疾风回旋曲

【日】东野圭吾 著

苏友友　　练修齐——译

中国出版集团　现代出版社

现代推理馆 | 东野圭吾

疾風ロンド

1

天上虽然飞舞着零星的雪花，但是从不时透出的阳光看来，今天的天气很好。拜这好天气所赐，葛原也在预定时间内到达了目的地。因为之前已经来过多次，所以也没有迷路。

如果是第一次来的人，绝对不可能找得到这里吧。葛原也舔着嘴唇看了看四周。每一面斜坡上都覆满了积雪，虽然规整地种着山毛榉树，但是没有一棵树有明显的特征可以用来指路。就算手上有详细的地图，也难免会迷路。

葛原走向一棵枝叶繁茂的山毛榉树，在附近脱下滑雪板，卸下背在身上的背包，从里面取出一个塑料制的工具箱。不过并没有工具装在里面，只不过是因为足够结实，才把它作为盛放某种“物品”的容器而已。

葛原的心中充满了不安，但他还是下定决心打开了盖子，从满是缓冲材料的工具箱中取出了装在塑料袋里的某种“物品”。他摘下护目镜，凝神检查，看起来“物品”没有任何异常。葛原松了口气，将其放回工具箱。

随后他戴着手套将树旁的雪刨开，挖了一个深约三十厘米的洞。

葛原再次把“物品”拿在手上，这一次必须将其从塑料袋中取出了。塑料袋的开口紧闭，葛原再次确认“物品”没有异常之后谨慎地撕开了塑料袋。

葛原取出“物品”后，将其放进了刚挖好的洞中。仅仅是这简单的一个动作就仿佛让他有了体温上升的感觉。这一切都源于恐怖。正因为他比谁都明白自己的行为意味着什么，才会感到如此恐怖。

但同时他又劝说自己，如果连自己都不害怕，对方更不会有任何感觉。

葛原从滑雪服的口袋中取出数码相机，拍了几张放置在雪洞中的“物品”照片。从液晶屏幕上确认了拍摄效果之后，葛原小心翼翼地用雪将洞埋上，这样即使经过的人也不会发现异样。

接下来他又从背包中拿出钉子、锤子和一只小泰迪熊，面向山毛榉树，在和他的头部相同高度的位置钉上钉子，确认钉子钉牢了之后，把泰迪熊挂在了上面。和树皮颜色接近的泰迪熊从远处几乎看不到。

葛原退后几步，又用数码相机拍了几张不同角度的照片。

最后还有一件要做的事，而且是十分重要的确认事项。

葛原从背包中拿出一个方形的电子仪器，接上电源之后指示灯亮了起来。待葛原将仪器上面的天线引出，对准泰迪熊之后，仪器前端并排的八个 LED 灯同时亮了起来。

葛原点了点头，关闭了电源。工作结束。他在脑中再次回忆、检查了自己的行动。没有问题，该做的都已经做了。

收拾完毕，背上背包，戴上护目镜，穿上滑雪板，葛原确认了一下时间：刚过下午四点，和计划完全一致。他点了点头，慢慢地开始滑行。

在没有经过轧雪的斜面上滑行是件十分不易的事。如果技术不精的话，滑雪板的前端很容易陷入雪中，让人进退两难。但是葛原技艺高超，轻快地滑行在树木之间，刚刚完成的困难作业让他感到格外爽快。

不对不对——葛原一边滑着一边摇了摇头。还不能说已经完成了，关键的还在后面。现在只不过是完成了准备工作，如果此刻因大意摔倒受伤的话，整个计划就会断送掉。葛原一边滑行，一边注意着控制情绪，以免过度兴奋。

前方已经可以看到雪道两侧的防护栏了。葛原低下身子，钻了过去。这样就算回到了正规的雪道上。

就在这时，他的身后突然传来了刺耳的口哨声。葛原回头，发现一个身穿巡逻队员制服的男人滑了过来。葛原不耐烦地停了下来，心中暗想，偏偏赶上这个时候——

巡逻队员停在葛原身边，头上戴着缝有“PATROL”字样的帽子。

“这可不行啊，您是从哪出的正规雪道？”运动用太阳镜的后面，是巡逻队员严厉的眼神。

“啊，就在这附近。我以为是正规雪道，不小心就进去了。发现了之后赶紧出来了。”

巡逻队员很不高兴地摆了摆手。

“这不可能。我明明看见您是从里面滑出来的。而且，不是从山上进去的话，是不可能从这里出来的。”

葛原叹了口气。如果在这里和他争执的话是不会有好结果的。

“抱歉，我只是觉得好玩就进去了，结果迷路了。”

“今后请注意，正规雪道之外，特别是您刚才进去的地方地形复杂，有雪崩的危险，而且很容易迷路。您要是去了山谷地带，就回不来了。”

“我一定反省。”葛原低头道歉。

巡逻队员点了点头说：“请您滑雪时一定要遵守安全规定。”

葛原轻轻举手示意后重新开始滑行。在莫名其妙的地方碰了个钉子。不过那个巡逻队员不可能一直记得这么琐碎的小事，应该对计划没有任何影响。地形复杂？就是因为这里地形复杂我才选择这里。

滑到山麓时，许多缆车早已停止营业。葛原摘下滑雪板，走向停车场。不知从何时开始，雪下大了。

葛原把滑雪板放进 RV 汽车的后备厢，在后排座换好衣服之后坐到驾驶座上，又从副驾驶座位上的包中取出平板电脑，放在膝盖上。

他先将刚才拍的照片复制到平板电脑中，接着放大照片仔细确认。每一张拍得都不错，作为照片来说无可挑剔。但是考虑到使用的场合，还是有几张不太合适。虽然在按下快门时已经很注意了，但还是会有一些穿帮。

葛原选出两张最为合适的照片，添加到已经打好草稿的邮件附件中。

邮件发送之前，葛原再度确认了一下内容。虽然之前已经推敲过很多遍，但在实际的作业结束之后再重读，还是有一些地方需要修改。

虽然特意没有署名，但是对方恐怕马上就能察觉到发信人是谁吧。这样就好。或者说如果不这样的话，计划就没有办法继续。

葛原再一次通读邮件，确认没有失误后，闭上眼睛深深呼了口气。邮件发出去之后就不能再回头了，所有的责任都必须由自己来承担。自己做好这样的准备了吗？葛原慢慢点了点头，睁开眼睛盯着平板电脑的显示屏，之后用食指按下了发送键。

确认邮件发出之后，葛原将平板电脑放回包中。不知不觉间，雪越下越大，挡风玻璃上的积雪已经使人无法看清外面了。

葛原发动引擎，走到车外，用戴着手套的手拂去挡风玻璃上的雪。回到车内时又抖掉了沾在鞋上的雪。转眼之间积雪已经约有十厘米深，再不抓紧的话，可能就无法开出停车场了。

葛原发动车子，脚下传来轮胎轧过积雪的触感。他谨慎地操作着方向盘和刹车，离开了停车场。

对方的脸不时浮现在眼前。他何时会读到邮件呢？那个人坚持不把工作带回家，没有把工作邮件转送到自己的手机上。大概明天才会读到吧。不过也许会有别人先注意到吧。那样也很有趣，想到这些，葛原的脸上浮现出了笑容。

雪没有停止的势头，视线越来越差，葛原将车停在路边，重新思考起来。

这样的坏天气，没有必要急着赶回东京，反正明天才是关键。今天是星期日，能入住的酒店肯定很多，泡个温泉放松身体，明天一早出发也很不错。那时候天气也许会变好。吃着美食，喝着地方特产的酒提前庆祝一番也可以考虑。

好主意越想越多。好！葛原想到这里，转动方向盘，开始掉头。

沿着原路返回，葛原想象了一下今后的事态发展。首先，对方不会马上就报警，应该会答应这次的交易。问题是他是否会拿出要求的金额。如果真的拿不出的话，作为最后一搏，可能会联系警察求救吧。事态演变成这样的话就得不偿失了，什么都得不到，只会被警察追捕。

但是葛原也不会轻易妥协。因为他自认至今为止为对方付出了很多。那个人能有如今的地位，都是因为手下有优秀的部下。

葛原认为自己有这个权利，自己的才能没有得到正当评价是很没有道理的事情。必须要让那个人明白这一点。

而且才华出众的人实施犯罪计划时也非同寻常——葛原脑中盘算着自己精心设计的计划，不觉喜笑颜开。来吧，游戏开始了。

2

打开入口的门，煮菜的味道扑鼻而来，肚子里的馋虫马上就有了反应。每次来这家店都是如此。

“辛苦了。”柜台中的老板娘笑着打招呼。

根津升平轻轻点了点头，环视店内。虽然除了柜台之外只有四个小小的桌子，但有一半已经坐满。其中一个小桌子旁正是濑利千晶的身影。她正在摆弄手机，似乎注意到了根津，竖起两个手指笑了起来。还是一副个性很强的表情。

“做胜利的手势还太早吧？”根津把脱下的羽绒服放在旁边的椅子上，坐在千晶的对面，“比赛是下周吧。”

千晶将手臂支在桌上，双手交叉，头放在手上。

“不是那么回事，是只有我们两个人的意思。我们好久没有两个人一起喝酒了吧。”

“确实。有一年了吧。”

熟识的店员过来点菜。

“啤酒，剩下的还是老样子。”

店员明快地表示明白，笑着离开了。

“老样子是什么啊？”千晶问。

“不是什么大不了的，一会儿你就明白了。”

千晶是单板滑雪运动员，特别擅长单板追逐赛，下个星期日要在这个雪场举行比赛，所以昨天才赶来的。今天根津收到了她“好久不见了，一起去喝一次吧”的邮件。

根津现在在这里做巡逻队员。之前是在别的雪场，两年前接受朋友的邀请来到这里。千晶是他在之前的雪场的旧识，之后不时有联系。最后一次见到还是在一年前，她也是来这里参加比赛，只是结果不是很让她满意，于是没有联系根津就回去了。根津收到道歉的邮件是在她回去的两天后。

啤酒上来后，根津和已经就着毛豆喝上加冰烧酒的千晶干杯庆祝。

“最近状态怎么样？”

面对根津的问题，千晶歪了歪头。

“干劲十足，但是状态只有五分的感觉吧。”

“什么嘛，难得地很怯场嘛。”

“与其说是怯场，不如说是看清了现实。”千晶一瞬转移了视线，随即又看向根津。

“现实？”

“很多很多。比如说年龄。”

根津不得不发出苦笑："你才二十多岁吧，比肖恩·怀特[①]还年轻。"

千晶却没有笑："反应变得迟钝了，感受不到速度。"

根津发现千晶没有开玩笑，也变得认真起来。

"是害怕速度太快了吗？"

"不是，如果是这样的话还好。正相反。你不明白？我还以为根津先生一定能明白的。"千晶翻着眼睛向上看着根津。根津别过脸去。

根津也曾是单板追逐赛运动员，虽然成绩称不上一流，但还是能明白个中的挫折。

"失去了紧张感？"

千晶点头："没错。总在最关键的时候放松，在最需要集中注意力的时候无法自制。"

根津无言以对。他很能理解千晶，因为他也曾有过这种经历，年轻时候无所畏惧可以胡来蛮干。然后逐渐开始感受到恐惧，克服这种恐惧感可以变得更强。但是年龄增大后，即使不会感受到恐惧也无法再像以前一样蛮干，因为反应在变得迟钝。

"老样子"做好之后被端上了桌。汤里面盛着炒野菜、鸡蛋和猪肉。

---

① 肖恩·怀特（Shaun White，1986～）男，美国圣迭戈人，单板滑雪运动员，曾获得2006年、2010年冬奥会单板滑雪U形槽男子冠军，绰号"飞翔的番茄"。他是世界上最好的单板滑雪选手，也是最有才能的滑板选手之一。

“这是什么？这里的招牌菜？”千晶眨着眼睛问。

“这家店的工作餐。你先尝尝。”

千晶用筷子夹起一块猪肉放入口中后不由得小声叫了一句好吃。“根津先生，你平时就吃这么好吃的东西呀？”

“只在这家店里。来的次数多了，他们才会给我上这道菜。”

“噢，只提供给熟客呀。真好哇！”千晶边吃边感慨着。

身后传来“哎呀，根津兄”的招呼声，回头看去，一个肥胖的中年男人正在柜台落座。原来是附近干货店的老板，经常会在这家店遇到。

“和美女约会，真让人羡慕哇！”干货店老板嘻嘻哈哈地笑着，从他红润的面色看来，应该已经在别处喝过一顿了。

“不是这么回事。”

“什么嘛，不用遮遮掩掩了，是吧？”——最后的“是吧”是向着千晶说的。

“我说，不要捣乱啦。”柜台后的老板娘板着脸说，“不好意思，不用理他。”向千晶笑着表示歉意之后又瞪了干货店老板一眼，“快点过来，赶紧点菜吧。还是先来杯啤酒吧？”

“啊，可以可以。”干货店老板重新坐好，缩了缩脖子。

之后又来了几位熟客，大家像商量好的一样拿根津开玩笑，每次都要老板娘出面训斥，让千晶捧腹大笑。

约两个小时后，两人走出了店。周围的店纷纷开始打烊熄灯，让人感觉道路比来时暗了一些。不过反而让天空中的星星更加明亮了。

“根津先生搬来这里很正确呢。”

“是吗？”

“看起来完全融入了这里的生活，大家都很喜欢你。”

“你这说法好像我在之前的地方很遭人讨厌呢。”

“不是这个意思——说起来这个村的人都很温和呢。大家都很温和，有整体感。”

“整体感？”

“嗯，整个村子一起支撑着雪场，共同行动，因为大家知道雪场就是自己的财产。所以大家都喜欢保护着重要雪场的根津先生。我觉得一定是这样。”

“哦，是这样吗……”

一边暧昧地回应着千晶，根津一边想，也许就是这样吧。之前他所在的雪场是由主营观光事业的企业经营的，一切都以为雪场内的酒店里留宿的游客服务为上，当然就对远处的村镇的居民不够照顾，自然对雪场也没有太多的感情。在这一点上，目前这个村子眼前就是雪场，来这里滑雪的游客都在村里留宿，在村里吃饭，确实对村里人来说，雪场是他们唯一且最重要的财产。

“说起来根津先生，你还在做那个吗？”

“哪个？”

“就是那个呀，哔哔——”千晶模仿吹哨子的动作。

啊，根津反应了过来：“还在做。今天还有一个人从山上下来，我向他吹哨了呢。”

“突然响起哨声的话，还真会吓一跳呢。”

“所以说要遵守规则。你现在已经不那么做了吧？”

“嗯，尽量。”

“还在做啊，真拿你没办法。”

根津的脑海中浮现出在雪场的雪道之外，密集的林木之间，千晶用非凡的滑雪技巧纵横其间的身影。根津也使出浑身解数想要追上她，但若不是千晶为躲避狸猫而摔倒的话，恐怕他是不可能追上的。结果根津追上千晶，说教了她一通。这就是他们的初识。

走到千晶留宿的酒店附近，千晶说：“就到这里吧。”

“嗯，晚安。”

“嗯，根津先生，那个……”千晶舔了舔嘴唇，“如果这次比赛成绩不好的话，我可能会就这么放弃了。”

“呃，”根津不知怎么回答，想了一下之后说，“那样不也挺好吗？”

千晶有一瞬表情很奇怪，但马上就缓和下来：

“如果是那样的话，那我们就真的约会吧。”

根津也笑了：“我会考虑的。”

“那就晚安啦，明天雪场见到的话还请多多关照。”

“晚安。”

根津目送千晶走进酒店后，迈开了步子。

哔哔——

突然，今天的那个滑雪爱好者浮上脑海，他本人说是走迷了路，但那是不可能的。不过从他在雪道外滑行的样子来看，确实不是在享受滑雪。那么他到底为了什么而滑出雪道的呢?

算了，根津耸了耸肩。来雪场的人各种各样，所以明天也要认真做好巡逻。根津暗下决心。

3

栗林和幸手提着公文包走向玄关时突然脚下一滑，摔倒在地上的一瞬间，疼痛从腰部直传到大脑，他龇牙咧嘴地站起身，马上就发现了摆在旁边的滑板。

“秀人！喂，秀人！”

他一边揉着屁股一边怒吼道。

卧室的门缓缓打开，秀人从里面现出身来。虽然个子很高，但其实还是个中学生，今年春天将升入三年级。

“怎么了？”

“什么怎么了，你又在这打蜡了是吧？我说了让你在房间里弄了吧？”

“屋里太小了嘛，而且还有熨斗的线，绊倒了多危险。”

“那你就应该收拾干净。”

“收拾了呀。也没把地上弄脏。”秀人口气越发尖锐。

“你就是用纸擦了一下而已吧，所以才会这么滑。”栗林边说边用右脚在地面上来回滑，“蜡的碎屑粘到了地上才会这样。”

“多大点事呀，还有人特意往地上打蜡呢。”

“那和这个是两码事！”

“你们吵什么呢？”栗林的妻子道代从起居室里出来，“你再不出门就该迟到了。秀人也赶紧去吃饭。”

“老爸找我碴儿。”

“找碴儿？！”

“我说就算了吧，你今天不是有一个很重要的会吗？”道代边说边用手推栗林。

栗林看了一下时间，确实，再不抓紧就要迟到了。他指着儿子说：“今后你给我注意点！”然后赶紧穿上了鞋。秀人一副不情不愿的样子，什么也没说就回了房间。从前明明是个老实听话的孩子，上了中学之后突然就变得叛逆了。

栗林从家里走到最近的车站需要八分钟，再乘电车，大约三十分钟后到达目的地泰鹏大学医学研究所。这里主要研究感染症，栗林硕士毕业之后一直在这里工作，已经有二十三年之久，在研究员中资历最老。

栗林从正面玄关进入研究所，大厅里摆着沙发和桌子，经过这里，在通往深处的走廊入口安置着防盗门。门旁站着的保安向他敬了个礼。

“早上好。”栗林边回应保安边从怀中拿出ID卡，用ID卡在门前一晃，防盗门轻声开启。

在走向更衣室的路上栗林发现其他的研究员似乎都还没有来，可能是在事务处吧。今天有定例会议，大家一定都在做准备。但是栗林作为主任研究员，还有一项每周一检查实验室的工作。当然，这都是为了向领导汇报“没有异常”而已。

换好实验服，栗林继续向里走。经过消毒用的浴室，在前面的门前停下，手在静脉验证的门前划过，门自动打开，但里面只是一个狭小的空间，面前还有一道门。栗林的身体完全通过第一道门之后，门自动关闭，里面的门这才打开。这两道门不会同时打开。

栗林踏入的瞬间，室内的照明启动，这里是进行日常的分析和实验的房间，但即便如此，生化安全等级仍然达到了四级中的三级，也就是第二高的等级。窗户的密闭自不用说，实验室内整体保持低压，排出的气体也都需要净化。

例行检查一遍之后，栗林确认没有异常。正常的程序到此就结束了，但是如今还有一项重要的工作。

这个房间在进来的入口之外还有一个门。栗林打开那扇门，进入隔壁的房间。照明仍然自动启动，挂在墙上的蓝色防护服被照出了光泽。

栗林从头到脚用防护服包裹严实之后，进入下一步骤——进入再里面的房间。打开坚固的大门，又是一个浴室。栗林要去的房间还在更深处。

通过一个和刚才一样的双重门之后，是一个比之前的房间管理更严格的实验室。这里使用的安全等级为最高等级，排气要经过两个阶段，排水要经过一百二十摄氏度加热灭菌，必须穿防护服进入，在脱掉防护服出去之前，必须进行灭菌淋浴。

也就是说，这个房间是刚刚所说四级中的最高等级——四级。

安全等级为四级的国内研究所也不是只此一家。国立感染症研究所和理化学研究所也是四级，但是因为周围居民的强烈抗议，这些研究所并没有投入使用。除此之外，也有设备老化，不适合最前端的研究这样一个客观的因素存在。

实际上这个研究所四年前曾经重建过一次，就是在那时修建了这个安全等级为四级的实验室。在全世界都高度警惕新型流感以及生化武器的背景下，日本在这方面却走在了后面，所以无论如何都需要这种级别的设施。提出这一观点的是校长，并得到了医学部部长、药学部部长以及生物学部部长的齐声赞同。

但是这个实验室的运营并没有得到正式认可，还是需要取得周围居民的理解。表面上，作为研究使用的只是隔壁的等级为三的一间，实际上直到最近也确实如此。

但是老实说，这间实验室也已经投入使用，不过只是保存了某种病原体而已。当然，这个“而已”也是不能对外公开的，只有一小部分人知情。

栗林也知道这样充满隐患，可是根据情况有时也要打破成规，所谓丢卒保车，不得已而为之。

栗林走向实验室深处，那里设有一个冷冻库，门上的锁需要输入密码。

栗林用戴着手套的手指谨慎地按下密码，确认开门的绿灯亮起，慢慢打开门。

冷冻库内部有几个隔断，但是现在保存的病原体只有一种。

确认它的存在就是栗林的目的。

看向里面，栗林不由得倒吸一口冷气：应该保存的五个容器只有三个，另外两个不见了！

可能是谁不小心掉到了地上，这么想着栗林看向脚下，但是脚下空空如也。栗林又将冷冻库里找了个遍，还是没有发现。

关上冷冻库的门，栗林退后了几步，拼命在记忆中搜寻，但是完全没有印象。上周的周五，最后走出这里的是栗林，那时确实没有任何异常。

保险起见，栗林又在放实验器械之类的地方找了个遍，虽然可能性不大，但是也有可能是被谁取出来做实验忘了放回去。

最终还是没能找到。能想到的可能性只剩下了一个：容器被什么人给拿走了。

栗林急忙走出实验室，焦急的他甚至都忘了灭菌淋浴。

“是吗？果然是这样。”生物学部长东乡雅臣右肘支在桌子上，右手握拳顶着嘴嘟哝道，脸上写满了苦闷，却并没有太多惊讶的神色，这让栗林很不解。

“果然……是什么意思？”栗林站在桌前问。

东乡突然抬头看向他，一张大脸上眼神锐利，比起学者更像一个政治家。他就是泰鹏大学医学研究所的所长，也就是这里的负责人。

“这件事你还没有和别人说吧？”

“那是肯定的。”

东乡点了点头，摆弄了一下放在手边的笔记本电脑，将屏幕朝向栗林："你看看这个。"

屏幕上显示的是一封邮件。既然东乡让读了，说明是可以看的吧。栗林快速扫了一眼内容，但是由于内容太有冲击性，他完全无法厘清思路，必须要反复多看几遍才行。而当他掌握了整个事态，全身禁不住开始颤抖。

邮件的内容如下：

致泰鹏大学医学研究所所长　东乡雅臣

在此通报您，发生了一件对您来说很严重的事情。

研究所内最重要的物品应该少了两个。如果您不相信的话，可以派人去看看，当然您自己去看的话就最好不过了。

不过您无须担心。遗失的物品在我手上，我将它们转移到了一个容器里。我想您应该明白，总量有二百克。但是由于无法随身携带，我已将之保存在了一个地方。看到附件中的照片您就应该明白我是如何处理的了。作为参考我记在这里：容器是玻璃制的圆筒，用冷冻至冰点以下的橡胶制瓶栓封住。按照我的计算，气温上升到十摄氏度以上的话，橡胶就会膨胀致使圆筒破裂。

照片中的地方是哪，您应该看不出来。但是为了便于发现，我在附近的树上安装了信号发送器。请看照片。使用方位探知感应器的话，三百米以内可以接收到信号。也就是说，如果您想找回失物，需要解决以下两个问题：

● 探明照片中的地点。

● 得到和信号发送器波长一致的方位探知感应器。

可是无论哪一个都不容易。窃以为以您的能力是不可能达到的。

于是我提出交易。如果您遵守我的要求，我就告诉您照片中的地方，并奉上感应器。

所谓要求，简单地说就是钱。请准备三亿日元。是从您的小金库里出还是利用所长的职位之便从研究费中支取，随您的便。

两天后我再联系您，请在那之前明确态度。另外信号发送器的电池只能使用一个星期，仅供参考。还有就是回复这封邮件我也不会收到。

K-55

“所长，这是……”栗林将视线从笔记本屏幕移向东乡，面部僵硬，话都说不利索。

“我也是刚刚看到，正想叫你。”

栗林咽了一口口水，拼命调整呼吸：“到底是谁？”

东乡交叉双臂，歪了歪嘴：“能想到的人只有一个，你也应该心里有数吧？”

“是……葛原吗？”

东乡哼了一声：“应该是吧。”

栗林又重新读了一遍邮件，葛原的瘦脸、小眼和薄薄的嘴唇浮上脑海。

邮件里作为附件发过来的两张照片中，一张是正在将圆筒形的容器埋进雪里的情形；另外一张是将泰迪熊吊在树上的情形，泰迪熊应该就是正文里说的信号发送器吧。

发信人的署名是“K-55”，这正是被盗的容器里所盛放的物品的名称。是可怕的病原菌之一炭疽杆菌，而且和普通的病菌不同，这个病菌经过了特殊的加工。

炭疽是很早就被发现的一种疾病，通常由家畜或者野生动物因摄取了被炭疽杆菌污染的草或者土壤而感染，人类在接触过这些动物的肉、毛皮的情况下感染。根据病菌入侵的路径不同，临床表现分为皮肤炭疽、肠炭疽和肺炭疽三种。但是人类之间并不会互相传染。

炭疽杆菌由于易于培养、可以简单地大量生产并且孢子化之后病菌自身的安定性很高、便于携带而长期作为生化武器受到关注。事实上据历史记载，日本的军队就曾做过相关的研究。

作为武器使用的情况下，主要是采取肺炭疽的方式。散布孢子，通过呼吸来使人感染。因为即使微量的病菌也很有效果，在被发现之前就已经扩散，并且由于不会马上发作、和流感相似难以鉴别、死亡率很高，故而适合作为武器。

2001 年在美国发生了使用炭疽杆菌的恐怖主义事件。犯罪分子通过邮递将炭疽杆菌的孢子寄送给目标人物，因此连负责分拣邮件的人也受到了感染。以这一事件为契机，全世界对炭疽杆菌的警惕都提高了，日本自然也不例外。

泰鹏大学医学研究所也以此事件为契机正式展开关于炭疽杆

菌的研究。之前也并不是完全没有展开，但是持有的只是用于疫苗研究的弱毒菌样本，连一只小兔子都无法毒死。后来得到和研究所有技术合作的澳大利亚研究机关的协助，终于还是得到了几种强毒菌。

炭疽杆菌研究的主要负责人是葛原。他一面研究疫苗的开发，一面钻研利用炭疽杆菌制造的生化恐怖事件。他在这一方面的丰富知识和高超技术，在研究所首屈一指。

然而数周之前，一件惊人的事实被发现。葛原在东乡不知情的情况下，通过改变遗传基因而将现有的疫苗对其无效的炭疽杆菌孢子加工成了可以飘浮在空气中的超微粒子，这简直已经可以被称为生化武器了。被命名为 K-55 的这个病菌一旦被外部所知，一定会引起轩然大波。

当然这也是一种非常严重的违法行为。在现在的日本，持有会对人的健康产生影响的病原体的人，必须向国家上报病原体的种类和持有目的。泰鹏大学医学研究所也将持有的炭疽杆菌进行了上报。但是其目的是疫苗的开发，自不必说根本不含有武器开发的目的。

了解了情况的东乡马上解雇了葛原，并且启动之前未投入使用的生化安全等级为四的实验室，将 K-55 移送到了那里。

葛原并没有认同东乡的做法。为了完美地防御恐怖分子，不是更有必要做出武器级别的病菌并做好对应的准备吗？——这正是葛原的想法。据说他还到校长的家里抗议非正当解雇，可是校长并没有听信他的理由。

“大意了，他的ID卡还有效吗？”东乡咬着嘴唇说。

“那是不可能的。他到底是怎么进去的呢？”

东乡面色严峻，用力倒在椅子的靠背上。

“这个之后再考虑吧。现在该怎么办？”

栗林看着上司的脸：“怎么办……是什么意思？”

东乡皱起了眉，表情明显开始带有怒色。

“当然是指怎么应对这无理的要求。”

“这个……难道不是只有报警了吗？这是明显的要挟，某种程度来说，是恐怖主义。”

“但是这样的话就必须要公开K-55的存在。”

“没有办法呀，本来就是不应该持有的物品。”

栗林的回答并没有让东乡满意，他不耐烦地摇了摇头。

“栗林君，你好好想一想再发表意见。研究员未经许可制作生化武器，并将其带出——如果这种事公开的话，会怎样？我就不用说了，作为主任研究员的你也不会轻易逃脱责任吧，毕竟实际上K-55的管理人是你。”

栗林哑口无言，确实正如东乡所说。

看到栗林答不上来，东乡又追问了一遍：“怎么样？”

栗林抬起头反问东乡：“那所长觉得应该怎样？”

东乡沉默了一会儿，说：“那么，如果不理他会怎样？”

“不理他？也就是不接受交易的意思吗？”

“对，就算他来联系也不理他。”

“可是这样就无法回收K-55。”

“那又怎样？”

栗林不由得盯住了说得如此干脆的东乡：“什么？”

“不回收不行？”

“当然。”栗林板着脸说。这个家伙到底在想什么。“现在埋在雪中应该没有问题，到了春天雪融化，容器就暴露在了地面。根据葛原的邮件，气温升到十摄氏度以上的话容器就会破坏，总量二百克的K-55就会彻底暴露，通常的孢子就算了，像K-55这种超微粒子，马上就会在空气中扩散，附近如果有人接近的话，病菌从肺部入侵的可能性极高，必定会引发肺炭疽，处置不当的话很可能会致死。”

“可是如果是人迹罕至的地方呢？而且只有区区二百克。”

栗林摇了摇头。

“在人口五百万的城市上空散布五十千克病菌，会有二十五万人引发肺炭疽，这是模拟实验的结果。2001年发生在美国的事件中，邮包中携带的病菌只有一克。美国人将事发地带彻底除菌也花了好几年时间。而且炭疽杆菌的孢子在严峻的环境下也能存活数十年。一旦有风就会扩大污染范围，增大受害者出现的概率，位于下风口的城市更是糟糕。”

“这样就会很麻烦吧？”东乡低声说，“病原体是从我们的研究所里被盗走的事会曝光吗？”

“所长，万万不可……”栗林双手扶桌，几乎要哭出来了。

“知道啦。”东乡一副不耐烦的表情挥了挥手，“你也不用这么夸张嘛，我就是试探性地问问。关于K-55还有很多不明白的，而且还有可能因感染野生动物而扩大感染范围。”

“您说的没错。”栗林大大地放下了心。

“这样一来，”东乡盯着天花板，“就没有别的办法了吗……”

“只能按照葛原的要求付钱了吗？”

“差不多吧，但是不能完全按照他的要求。而且三亿日元这么一大笔钱要去哪里弄？”

“这么说——”

“要想办法讲讲价。”东乡压低声音说，“葛原肯定也觉得如果报警的话会很麻烦。虽然他大嘴一张就要三亿，但是恐怕也不会真的认为能全拿到吧。拿到五分之一，不，十分之一的话就足够了吧？”

“您的意思是可以支付三千万？”

“嗯——最好能一千万搞定。”

“这有点太少了吧……”

“虽然不太甘心，不过没办法。三千万的话，以研究费的名目也不是弄不出来。”

听他说得这么干脆，栗林不由得低下头去。东乡胡编乱造研究项目，挪用大学的公款这种事，其实之前已经有过很多次了，只是栗林一直装作不知情。

“两天后联系，葛原会怎么出招呢？”

栗林低着头表示不了解，完全没有头绪。

这时桌子上的电话响了，东乡拿起话筒。

“是我。不好意思现在正在开会，什么？警察？琦玉县警？知道了，转过来。”东乡拿着话筒，一副惊讶的表情，“啊，是，我就是东乡。……啊，对。葛原是我们研究所的研究员，可是现在已经离职，哎？什么？你说什么？这个……是真的吗？抱歉，请等一下。”

东乡用手盖住话筒，表情僵硬地看向栗林。

“发生了什么事情？”栗林问。

东乡咂了几下嘴后说：“不用再去谈判了。”

“什么？”

“对方不在了。葛原那家伙，出交通事故死了。”

4

出了本庄儿玉出口，再走五分钟左右就是那家医院，是一座方形的大型建筑。将车停在停车场，栗林和东乡一起走向正门。

穿过玻璃大门，迎面走来一个身穿制服的警察，看起来不到四十岁，看到栗林和东乡之后问道："是泰鹏大学的老师吗？"

东乡回答说是。

警察点了点头，介绍自己是县警高速巡逻队的队长，"请您节哀顺变。"警察敬了一个礼。

"遗体在哪里？"东乡问。

"在这边，我来带路。"

警察将他们带到医院的太平间，头部缠着绷带的葛原躺在床上，脸上的伤很少。

"是葛原君没错。"东乡装出一副很失落的样子，"究竟是什么样的事故？"

"真的是很让人同情。"警察皱紧了眉，遗憾地解释说，事故发生在今天早上八点左右，在关越机动车道刚过本庄儿玉出口的地方，葛原被从后方行驶过来的卡车撞倒。

“似乎葛原先生是把车停在了路边，走到车外。现场丢落了一个发烟筒，可能是葛原先生想要放置发烟筒时被后方驶来的卡车撞倒了。”

“为什么要到车外去？”栗林问。

“我们调查了一下葛原先生的车，似乎风扇皮带断了。可能就是因为这个引起引擎过热，我们认为葛原先生将车停在路边就是为了呼叫JFA[①]。高速公路上偶尔会出现这种情况。事故之后我们马上将葛原先生送到了这家医院，但是很快就确认死亡了。从他的驾驶证上，我们马上就判明了他的身份，但是却不知道他家属的联络方式。他随身所带的手机因为已经损坏，我们不知道应该联系谁。最终在调查车里的物品时，发现了泰鹏大学的信封，我们觉得可能有关联，就试着问了一下。”

东乡点了点头。

“原来如此。如我在电话里所说，葛原君是单身，出身在岐阜县，记得他说过那边还有母亲。但是我们不知道他母亲的联络方式。只是和他关系密切的人我们倒是知道一些。我会尽快和他们联系，遗体能在这里再存放一段时间吗？”

警察的表情有些迷惑，不过最终还是点了点头。

“明白了。我们也希望遗体能由亲属尽快认领，那我就等您的消息。”

---

① JAF（Japan Automobile Federation），日本汽车联盟。

“好的。说起来那辆车怎么样了？那辆因为引擎过热的葛原君的车。”

“那辆车我们把它移到了医院的停车场，我想还是让亲属领回比较好。当然如果领回的话，需要先把风扇皮带修好。”

“事故并没有牵涉到车吧？”

“是的。卡车撞到葛原先生之后就停下了。”

“车里的东西呢？”

“还是保持原样。”

“也就是说还放在车里。”

“对的。”

“可以让我看一下吗？可能里面会有学校的用品，那些东西还是由我们来保管比较好。”

警察并没有对东乡的话表示任何怀疑，只是简单地说：“明白了。那么我来带路。”

三人离开太平间，到了医院的停车场。一辆深蓝色的RV停在医院专用的停车场上。

“确实是葛原君的车。”栗林说。

警察拿出钥匙，解开了遥控锁：“请确认。”

收到东乡递过来的眼神指示，栗林打开车门，看向车内。

副驾驶位置和车的后排座上分别放着公文包和双肩背包。虽然脱掉的滑雪靴和手套之类的毫无用处，但是有必要检查一下滑雪服的口袋。但是什么都没有发现。

栗林接着又查看了公文包，里面装着平板电脑和数码相机以及换洗的衣服。看过之后栗林将公文包递给了东乡。

“平板电脑确认过了吗？”东乡问警察。

警察摇了摇头。

“设定了密码，我们打算如果泰鹏大学的人也不知道的话，就想办法打开。站在我们的立场，涉及个人隐私的部分我们也不想侵犯。”

“明白。”

接着栗林又查看了双肩背包。水和应急食物之外，还有一个手掌大小的方形机器，带有一个可以伸缩的天线。

栗林将机器展示给东乡。

“这是什么？我们也很想知道。”警察问。

“学校里使用的测定仪器。”东乡若无其事地回答，“果然不出所料。这些都是学校里使用的仪器。这个公文包和双肩背包我们可以拿回去吗？”

警察露出了不解之色：“明白了。我和领导商量一下，请稍等。”说着从口袋里取出手机，背向栗林二人开始打电话。

栗林和东乡迅速交换了一个眼色，绷着脸的所长用意味深长的表情轻轻点了一下头。那表情似乎在说看起来一切顺利。

不知道葛原母亲的联络方式其实是谎话，研究所里保存的简历里写得很清楚，没有立即告诉警察是因为担心他们会将遗体和遗物交给他母亲。从东乡的立场出发，无论如何都要把遗物收归己有，所以才会第一时间赶过来。

警察打完电话，重新转身面向栗林二人。

“久等了。领导已经同意了。虽然还需要一些简单的手续，但是你们已经可以拿走这些东西了。”

“给您添麻烦了。”东乡表情异样，行了个礼。

栗林二人下午四点多回到研究所，在东乡的办公室，他们又将葛原的公文包和双肩背包检查了一遍。

东乡向警察解释为“学校里使用的测定仪器”的，其实是方位探知感应器，面板上并排有八个LED灯，根据接收信号的强弱，会有相应数量的灯发光。栗林接通电源，伸长了天线，转动着感应器，但是并没有灯发光。葛原的邮件中写，感应器可以接受三百米以内的信号。

“喂，看看这个。”东乡将笔记本的屏幕转向栗林。

画面上有十张照片，都是在同一座雪山上拍的。

“数码相机里的照片。”东乡说，“你觉得是哪里的雪山？”

“这……”栗林歪了歪头，将照片放大。十张中有三张是K-55的照片，对推测地点毫无帮助。唯一称得上线索的是有泰迪熊的七张。其中有一张照下了远处群山的轮廓。但是对于雪山不熟悉的栗林不可能知道那是哪的雪山。

里面只有一张照片，虽然还是看不出是哪，但是可以看出附近有什么建筑。

“所长，这个角落里拍下的铁塔一样的建筑不是升降机吗？滑雪场的。”指着照片的边缘，栗林说。

东乡看向画面。

"是吗？我没去过什么滑雪场，不太清楚。"

"我也不是特别熟悉，但是应该是升降机，要不然不可能在这种深山中建一座铁塔。而且车里还有脱下的滑雪服。如果是普通的雪山的话，应该是更复杂的装备。岐阜县出身的葛原很擅长滑雪，听说他买 RV 车就是为了滑雪。"

"那如果按你所说，这又是哪的滑雪场？"

"呃，这个……"栗林摇了摇头，"就算知道这些也……"

"一定要想办法弄明白。没有什么线索吗？对了，有高速公路的发票吗？知道是从哪个入口上来的话，就知道是哪的滑雪场了吧？"东乡开始翻公文包。

"应该没有。他的车是 ETC[①] 的。"

"ETC？那么就从那调查不行吗？应该在哪留有记录。"

"很遗憾，这行不通。虽然在休息区有可以查看使用历史的机器，但是没有 ETC 卡是用不了的。"

"没有卡吗？"东乡又看向双肩背包。

"没有。应该插在车上。"

"可是没有卡的时候也有需要查询的情况吧？这种时候怎么办？"

"应该在网上能查。"

东乡拍了拍手："什么嘛，这不是有办法吗？好，就这么办。"

"行不通。"

---

① ETC（Electronic Toll Collection），电子道路收费系统。

“为什么？”

“不知道 ETC 的卡号。”

东乡垂下了头，但是马上又扬起脸。

“信用卡的账单里应该有 ETC 卡的记录。问问发卡的银行。”

“不能告诉陌生人的吧。”

东乡一脸不快地瞪着栗林。

“你搞什么呀。我在拼命地想办法，你却一直在给我泼冷水。你在戏弄我吗？”

“啊，不，不是那个意思……不好意思。”栗林缩回了头。

“说起来都是因为你没有收回 ETC 卡，你也动脑想一想，就没有什么解决办法吗？”东乡的唾沫星子飞到了栗林的眼镜上。

栗林摘下眼镜，用衬衫的袖口擦去东乡的唾沫。

“所长，还是做好准备吧。”

“准备？什么准备？”

“就是说，负起责任的准备。还是应该向警察求助——”

“不行不行，说什么呢你。”东乡的脸马上气得涨红，“这种事怎么可能。”

“可是……”

“没什么可是的。听着，这不是我们负责任就能怎样的事。如果这件事大白于天下的话，日本举国上下都会陷入恐慌。如果能顺利回收 K-55 还好说，如果不能的话怎么办？”

“那当然是非常严重的情况，所以更要依靠警察……”

“不行不行。”东乡抢过栗林的话，使劲在面前摆了摆手，“这个问题无论如何都要由我们解决，我们自己发现K-55，除此之外别无办法。现在不要考虑此外的事，明白了吗？”

看栗林不吭声，东乡又追问了一遍。

栗林只好轻声地回答好，同时想起了在一部分研究员之间传播的谣言。谣言的内容是，东乡其实是知道葛原染指生化武器的开发的，不论是操控遗传基因还是将孢子超微粒子化，都需要特殊的药品和器具，购买这些东西所长不可能不知情。实际上东乡为了发展技术而睁一只眼闭一只眼，在发现成品K-55过于危险之后才急忙处分了葛原才是真相吧。

这么考虑的话，东乡不想依靠警察就可以理解了。一旦详细调查葛原的研发经过，东乡也曾参与的事实就一定会大白于天下吧。

“干吗？我看你好像还有话要说啊。”东乡从栗林的沉默中似乎发现了什么，问道。

“没，没什么……”栗林不觉低下头。

东乡站起身，坐在了栗林身旁，他将手放在栗林的肩上。“我一直都很感激你，你做得很好。K-55的事情也正是有你的存在才能如此迅速应对。”那声音前所未有的平稳。

栗林身体僵硬，机械地表示了感谢。

“所以说，”东乡接着说，“这一次也只能靠你了。虽然很困难，但是有一件事请你一定要做到。”

“要做到……”

“那还用说嘛，当然是找到滑雪场，回收K-55啦。没关系，我相信你一定能做到。如果成功回收的话，我会为你考虑副所长的职位。怎么样？而且你儿子明年要面临升学考试吧？需要用钱的地方很多哦，那时丢了工作的话很不好吧？”

虽然应该回答并不是这样，但是栗林却点了点头。并不是担心失去工作，而是听了东乡的话，栗林想到了一点点的可能性。

5

Frontside tailslide 是指 ollie 之后在空中向后旋转将滑板回转九十度，在后腿承重的状态下滑行的技巧。秘诀是将上半身和下半身分别朝不同方向的同时用后腿蹬踏——

“哎？什么？将上半身和下半身分别朝不同方向……”

摊开桌上的滑雪杂志，秀人从椅子上坐起来，一边看着杂志上的照片一边模仿，从窗玻璃上映出的姿势和照片中职业选手的略微有一些不同。比对不同，一点一点修正后，终于逐渐有了点模样。

秀人重新坐回椅子，接下来是 Backside Tailslide，诀窍是用脚跟踢地之后以后腿为轴，将前腿向外踢出。

正在他想要模仿的时候，响起了敲门声。

“秀人，在吗？”是父亲的声音。

秀人急忙坐回座位，将滑雪杂志收回书架，拿出一本数学参考书摊在桌上：“在呢。”

门打开，父亲和幸走了进来。他刚刚下班回来，手上拿着一个数码相机。

“在学习吗？”

“差不多吧。马上就要考试了。”

“那可真不错。”和幸坐在床上，环视房间。

什么情况？秀人略感不安，想起了今早的事。是因为滑板的事来找碴儿的吗？真烦人。

“那方面怎么样？”

“哪方面？”

“就是那方面，滑雪。你还是在休息的时候去吗？”

果然，真郁闷。

“没怎么去。”

“是吗？不过你妈说你每周都当天去回啊。”

“……偶尔而已。”

其实是谎话。利用便宜的旅行大巴，秀人每周都会去某个滑雪场滑雪。如果是在群马县或者新潟县的话，早上出发，当天就能回来。

“近期有去的计划吗？”

“下一次休息没准可能会去。要看朋友的时间。”秀人低着头嘀嘀咕咕地说，“为什么问这些？”

“嗯，其实关于滑雪场，有点事想问问你。”

“嗯？”秀人不由得看向父亲，“你说滑雪场？”

和幸将数码相机递给秀人，“你看一下这里面的照片。”

秀人接过相机，看了看里面的照片。照片一共有七张，都是很奇怪的内容。雪地里的树上吊着一只泰迪熊。

“这是什么照片？”

“你看第三张，对，就是这个。我觉得边上的铁塔是滑雪场的升降机，你觉得呢？”

秀人将和幸说的部分放大来看。

“确实，很像。”

“果然。”和幸似乎很高兴。

“那怎么了？这是什么照片，还有泰迪熊？”

“不用管泰迪熊。比起这个，这是哪个滑雪场你能看出来吗？”

“哎——”秀人转过身来，“不可能看出来啊。”

“不行吗？但是你不是去过很多滑雪场吗？看远方的景色也不行吗？”

“不行啊，我虽然去过很多，但是也有限啊。日本全国有很多滑雪场呢。”

“不，也不是完全没有线索。你知道关越机动车道吗？”

“知道，快速大巴会走那。”

“太详细的事不能和你说，但是要去这个滑雪场要经过关越机动车道的本庄儿玉出口。怎么样？很明显的提示吧。”

“不算吧。”秀人歪了歪头。

“为什么？不是就限定在了群马县和新潟县吗？”

“怎么会呢。”秀人从书架上拿出一本杂志递给和幸，是介绍全国的滑雪场的。里面有一页将日本分成几个区域，大致标出了滑雪场的位置，“你看，群马县和新潟县自不用说，去长野县的滑雪场也是走关越更方便。”

“是吗？长野的话不就是志贺高原吗？去那里的话不是走中央机动车道吗？”

“那都是什么时代的事儿了。虽然也有走中央机动车道的滑雪场，但是也有走关越，从藤冈立交桥上上信越道的，去志贺高原就是哦。”

“这么说就是长野、群马和新潟吗……”

“至少有这三个县。”

“那这三个县里一共有多少个滑雪场？”

秀人简单数了数地图上标记的个数。

“就算加上经过关越这一附加条件，大大小小加上一起也有一百个左右。”

“一百个……”和幸的目光一下子空虚起来。

“爸，你这是什么意思？为什么要知道照片里的地方？”

和幸回过神来，摇了摇头。

“你不需要知道原因。和爸爸的工作有关，一定要知道是哪。可是很麻烦啊，我还以为问你的话就能弄明白呢……”最后的一句像是自言自语一样，和幸陷入了深思。

秀人从没见过父亲这个样子，很是迷惑。平常明明只是把自己当小孩，这一次却指望上了自己，真是没想到。

秀人重新看了看相机的画面，照片角落里的毫无疑问是升降机。没有其他线索了吗？但问题是不见得是秀人去过的地方，不如说这种可能性更高。

对了，秀人有了一个主意。

“爸，这个照片可以发到网上去吗？”

“嗯？”和幸抬起了头，“为什么？”

“发帖问问有没有人知道。如果有人知道的话，可能会告诉咱们。”

和幸目光浮空，似乎在思索要不要听从儿子的建议。终于，他摇了摇头：“那不行。如果有人好心告诉咱们还好，可是也有人会出于好奇心去那个地方，一定要避免这种情况出现。”

“别人去不行吗？”秀人指着相机画面。

“不行。”和幸的表情很认真，“我不能告诉你理由，但是这样很糟糕。”

秀人察觉到一定是有很重要的事，还是不要再追问了比较好：“那么，我问一下朋友和常去的商店的人呢？他们知道很多我没去过的滑雪场，没准知道什么。”他向父亲提议。

和幸眨了眨眼：“这主意不错。”

“可以让他们看照片吗？”

“可以是可以，但是一定要慎重。像我刚才说的，绝对不能传到网上。”

“知道。我只会发给信得过的人。商店的人不知道联系方式，我直接去店里问。”

“这样啊，那需要多长时间？”

“邮件我马上就发，总之我明天一天试试看。”

“能找得到吗？”

“我不确定啊，线索太少了。”

和幸突然伸出手，紧紧抓住了秀人的肩：“拜托。一定要找到那个滑雪场，全都寄托在你身上了。”

“就算你这么说……”

“如果找得到的话，什么都给你买。你之前说过想要新的道具吧？滑板，还是靴子？”

“真的吗？”秀人瞪大了眼睛，“这么说的话，我想要 Powder Run 用的板子。”

“没问题。不管是熊猫用的板子还是猩猩用的板子，都给你买。”

“不是熊猫，是 Powder[①]。”

“什么都行，顺便把靴子也买了，还有什么？”

“那，Bin 也要。”

“Bin？”和幸皱了皱眉，“那是什么东西？”

“Binding。绑定靴子和滑板的工具。”

“是吗，好哇，全都给你买。所以说啊秀人，你一定要加油，拜托了。”说着和幸握着秀人的肩使劲晃起来。

“知道了，知道了，你快放开我。”

“啊，抱歉。那就拜托你了呀，期待你的表现。”和幸露出爽朗的表情，走出了房间。

秀人坐回椅子，把手伸向书架，拿出了一本滑雪板的目录。有一个滑板他早就看中了，只是因为实在太贵而放弃了。

---

① 日语里熊猫的发音和 powder 相近。

没准这次能拿到这个，还有靴子和 Bin——

秀人不禁握紧了拳，立马来了干劲。

“看到第三张照片的时候我就觉得奇怪。”说着佐藤擦了擦鼻子，额头上长满了青春痘，“虽然铁塔肯定是升降机无疑，但是仔细看的话，会发现没有连上缆绳。太远了看不太清，但我觉得没错。照片里有这么多雪，滑雪场不可能不营业。那也就是说这个升降机这一季没有投入使用。怎么样？我的推理。”

看着桌上的平板电脑只是简单哼了一句的是铃木。

“嗯，差不多吧。”

“什么嘛，你没发现吧？那你就至少佩服我一下嘛。”佐藤不满地噘起了嘴。

“不是不佩服你，但是发现了这个又能怎样？废弃或者暂停的升降机哪都有吧？”

“一般情况下都会撤掉吧，没有撤去就说明有内情。或者经营不善，缺钱，或者刚刚决定废弃，没有赶上这一季。”

“就算这样也没办法确定是哪个滑雪场。”

“至少能缩小点范围吧。”佐藤的声调变高了，这是他不高兴时候的特征。

“喂，不要吵架嘛。”秀人插嘴说，“我很为难啊，本来拜托你们这种事就很不好意思。”

“也算不上吵架。”佐藤挠了挠头。

午休时间，三人聚集在秀人的教室，围着平板电脑。佐藤和铃木是秀人小学时代的朋友，六年级的时候曾经一起参加过新潟县的一家滑雪课外班。虽然是利用春假里的一周时间的合宿，但是三个人完全迷上了滑雪，相约上了中学之后要多去滑雪。实际上，从中学一年级的冬天到第二年春天，他们去滑了很多次。铃木的父亲很喜欢滑雪，每周都带他们去。春假也和前一年一样参加了滑雪教室。

虽然小时候就很喜欢踢足球，但是现在，占据秀人头脑的更多的是滑雪，特别是到了冬季。另外两个人也是一样。基本上三人都会一起去滑，但也有分头行动的时候。分头行动的时候就要互相汇报对方没去过的雪场的情报，只是这种时候秀人一般都是听众。他和另外两个人分头行动的时候，都只能去位于川崎的小室内滑雪场。

正因为这样，昨天夜里父亲来找他商量的时候，秀人首先想到了这两个人，马上就把照片发给了他们。

“如果无论如何都要从佐藤的想法出发的话……”铃木慢条斯理地说。

“你这叫什么话嘛，我又没求你听我的话。”

“好了好了，先听他说完。你继续说，铃木。”

“嗯，我比较在意这个影子。”铃木指向画面，“看，有树的影子吧，我觉得这个时候天气很好。”

“那又怎么了？”佐藤问。

“画面底下显示了时间，十六点十二分。如果这是正确的时间的话，这个时候太阳的位置就可以知道，这样一来升降机的朝向就可以明白了。查一下废弃或者暂停的升降机，有方向一致的不就可以了吗？”

秀人在脑海中整理了一下铃木的话，确实是一个好主意。他看了一眼佐藤，他也是一副这主意还不坏的表情。

“怎么了？不行吗？”铃木问。

佐藤伸手拿过平板电脑，开始上网搜索，那是他从家带过来的。

秀人也拿出手机，用滑雪场、升降机、废止等关键词开始搜索。边查边想着这样就能入手的新的滑板、靴子和 Bin。

可是热情只持续到此就为止了，三个人不久就停止了搜索。因为查出来的废止、暂停的升降机实在太多，如果没有进一步的筛选条件的话，根本不可能找到。

“果然现在哪家雪场都不太赚钱啊。”铃木无力地嘟哝说。

放学回家的路上，三个人奔向了位于神田的商店。这是铃木的父亲介绍给他们的店，道具和服装基本都能在这里买到。秀人也是从这里学会的打蜡方法。

负责滑板区域的是一位叫田中的男性，和秀人他们关系最密切。秀人首先把照片展示给了他。

“嗯——真是够难的。”田中反复看了七张照片之后，挽起胳膊皱着眉说，“要是再能多一点提示就好了。”

“果然不好认吗？”

“我觉得可能是哪家越野雪场，但是照片里远处的景色太少了。”

田中提议和店长商量一下。

店长是一位叫山野的满头白发的男性。秀人虽然没怎么和他说过话，但是据说他是一位有着四十年滑雪经验的专家，不仅日本，世界上好多名山他都曾去滑过。

山野看了照片之后说："这是山毛榉树，海拔在一千米到一千五百米之间吧。群马也不是没有，但还是新潟和长野可能性大。雪很轻呢，远处的雪还在随风起舞，是很好的粉末状，我觉得可能是在长野吧。"

秀人震惊不已，只凭着几张照片，竟然可以看出来这么多。

"不能再详细点了吗？"

山野看着照片，叹了口气："如果再有更明显的特征就好了，比如说地形之类的。"说着用手指在平板电脑上滑动着，终于定格在了一张照片上。

"怎么了？"

"看，这张照片上部，虽然只有很少一点，但是照出了远方的岭线，这个应该可以成为线索。"

"您有印象吗？"

"不，我还不行。虽然去过很多地方，但是并不能记下所有山的外形。但是可能会有人知道，一类这种事情的专家。"

"还有这样的人吗？是登山家之类的吗？"

"差不多算是一类人吧。摄影家，而且是只拍雪山的人。我问问他。"山野说着从口袋里取出了手机。

电话接通，山野开始说明，说着说着看向秀人。

"他现在似乎有空，说把照片发给他的话会看一看，怎么办？"

秀人一瞬不知如何回答，因为和幸要求他慎重使用照片。但是马上这种想法就烟消云散了，如果这些人都不能相信的话还能怎么办，毕竟是这些人教给了他滑雪的乐趣。

“请帮我拜托他。”

“好的。”

将照片发给对方等待回答的间隙，山野将那位摄影师的作品展示给秀人他们。有一张是湛蓝的天空下，一个单板选手在广阔的雪山上下滑的画面，还有一张是在近乎垂直的悬崖峭壁上勇敢滑行的选手的身姿，用黑白的照片展现了充满幻想色彩的景色。这些都紧紧抓住了中学二年级学生——秀人他们的心。太厉害了，还有这样的世界，简直是天国——此刻他们只能想到这种朴实的感想。

这时秀人的电话响了，是和幸来询问结果，口气中充满了紧迫感。

“现在正在拜托很多人调查。”

“这样啊，对不住了。有希望吗？”

“不好说，不过我会尽全力。”

“拜托啦。全靠你了，我等你的好消息。”

“明白了。”

挂断电话后，秀人觉得胸中一热。“全靠你了”，这是父亲第一次这样对他说话。

山野也收到了电话。

“喂，明白了吗？……啊，这样，肯定是在本州岛吧，我觉得是在长野……”

似乎是摄影师的回答。秀人屏气凝神，仔细听着山野的电话。

山野站在柜台边，一边讲电话一边记笔记。

“卧龙岳？嗯，啊，那附近啊……这样……原来如此。明白了，多谢。我告诉他们。”山野挂断了电话，走向了秀人这边。

“怎么样？”秀人心中同时充满了不安和期待。

“老实说没办法确定。”山野说，“判断材料还是太少了。可是从第一张与第五张后面的岭线来看的话，很像长野县的卧龙岳。”

“卧龙岳？”

“汉字是这么写的。”山野将写有“卧龙岳”字样的笔记展示给大家，“只是照片中的地方和卧龙岳之间的距离无法准确说清，方向也只能大体判断为东南。”

“不过如果知道了这些的话，没准一定程度上就可以想办法了。只要找到位于那个方向的雪场就好了。”田中说着从柜台后面的书架上拿出雪场地图集，开始翻页。

秀人三人也凑过来，或者盯着地图，或者用手机搜索卧龙岳附近的景色。结果找到了一个有力候选——里泽温泉滑雪场。这是一家位于长野县的头等雪场，历史悠久，规模庞大，诞生过很多有名选手。

“里泽的话有很多越野雪场，类似照片里的地方应该有很多。”

山野看着平板电脑的屏幕说：“但是也没有把握说就一定是里泽温泉滑雪场……”

“确认一下之前的那个升降机吧，那个废弃的升降机。”佐藤说。

“对，查一下里泽温泉有没有废弃或者暂停的升降机。”铃木表示同意，“然后没准还能知道升降机的方向，如果一致的话就OK了。”

大家马上分头行动。秀人他们负责在店里提供的滑雪场地图上找，田中和山野负责和朋友联系——两个人都有在里泽温泉工作的相识，不愧是老牌店铺。

最初挂断电话的是田中：“明白了！”

接着山野也挂断了电话：“我也是。”

“怎么样？”秀人看着两个人。

“我听人说里泽温泉有一个三年前废弃的升降机。”

“山毛榉树雪道第二浪漫升降机。”山野在旁接着说，“对吧？”

田中点了点头：“据说是因为交通不便，游客很少，而且老化得很快。”

“三年前的话这份地图上应该还有。”铃木用手指在地图上找起来。

最先发现的是佐藤：“在这！写着山毛榉树雪道第二浪漫升降机。”

“根据地图来看升降机是沿着向北的斜面建的。”铃木说着看向秀人，“和照片里的时间以及影子的方向完全一致。”

所有人的视线都集中在了秀人身上。他感到大家都在等他的一句话。

能想到的话只有一句。

“谢谢大家！”秀人深深鞠了一躬。

回家的路上秀人把结果通知了和幸，听到基本确定了雪场，父亲发出狂喜的声音："是吗？干得好！干得太好了，万分感谢！"

"不是靠我一个人的力量哦，多亏了大家。下次介绍给你，你要请我们吃烤肉哦。"

"没问题，几十个人都没问题。比起这个，我还有重要的话和你说，你快点回家。"

"重要的话？又是什么？"

"回来再和你说。不用担心，对你来说不是坏事。"

"嗯……"秀人挂断电话还在想着会是什么事。都已经帮他搞定雪场了，该不会再挨骂了吧？

秀人回到家，打开玄关的门，里面就传来"欢迎回来"的声音。

接着起居室的门打开，和幸兴冲冲地走来，脸上堆满了笑。更让秀人吃惊的是和幸的样子：他全身裹满滑雪服，还戴上了帽子。

"你这是什么意思？"秀人吃惊地瞪大了眼睛。

道代也从起居室出来，一脸的不耐烦。

"刚才突然开始穿起了这些，说什么今天买的。"

"别啰唆，都告诉你了是工作。"凶了妻子之后，和幸脸上挂满笑容，转向秀人："秀人，其实我还有一件事要拜托你。"

秀人不觉后退了一步："到底是什么？"

和幸兴奋得有点不能自已："不是别的，和我一起去你找到的里泽温泉滑雪场吧！"

6

耳机中传来东乡的大嗓门儿：

“是吗？原来是里泽温泉滑雪场，那里的话我也听说过。没有错吧？……百分之八十的把握吗？有点不放心啊……啊，我知道。都确定到这一地步了就无所谓了，剩下的就听天由命吧……当然。明天一早你就过去。预订酒店了吗？所以说啊，你不抓紧的话，现在是旺季，肯定人很多……那就没问题了，没问题。你儿子和你一起去或许更好，毕竟他比你习惯。只是绝对不能把实情告诉他，小孩子都是不遵守约定的生物，就算让他们保守秘密也指望不上……嗯，这一点就拜托你了。哎？什么？费用的话你不用在意，只要有发票，多少都行……你儿子的部分也不要紧，你不要担心这种小事。你接下来要做一个非常重要的工作……全拜托你了……嗯，就这样吧。对了，还有一件事弄明白了。”东乡的声音低了下去：

“我调查了摄像头的记录，知道了葛原是什么时候潜进来的。果然是周六的晚上，只是他不是一个人……是那家伙，折口真奈美……嗯，副研究员。他们两个人一起进来的场面被拍了下来……在大门那里葛原用了访客用的ID，估计是折口给他准备的。实验区肯定是用折口的静脉验证开的门……还不清楚是不是共犯……嗯，我也这么想，毕竟葛原是个不喜欢别人帮忙的家伙，肯定是找了什么借口只是利用了折口。那个只会傻认真的女人应该不会插足这么危险的事。不管怎么说，我打算接下来和她本人谈谈……有结果就和你联系，你还有明天的事要准备，今晚早点休息。等着你的好消息……好，那就拜托了。”

电话似乎挂断了，确认不会再听到什么之后，折口关掉感应器的电源，卷起耳机的线，将设备放入手提包，从马桶上站起身，按下冲水键。

在洗手池洗手时，手提包里的电话响了。折口很清楚来电的是谁，但是故意耽误了一会儿才接起电话。

“喂，是折口君吗？我是东乡。”

“您好。”

“你现在在哪？行程板上写的是在研究所。”

“不好意思，我现在在卫生间，马上就回去。”

“啊，不着急不着急。”

“实在抱歉。”

挂断电话，折口看向洗手池的镜子，里面是被称为只会傻认真的女人。在葛原看来，自己肯定也是一个愚钝好骗的蠢女人吧。

她的脑海中浮现出双手合十向自己请求的葛原的身姿。

事情发生在上周六的白天，葛原说有重要的事把她叫了出来。听了他的话折口吃了一惊：葛原竟然要她帮他进入研究所。

“昨天查看自己的报告，发现很可能在加工细菌的最后一步犯了错，如果就这样让别人接手的话，十分危险。所以我想确认一下，如果找所长的话，肯定会被批评，问题搞大了就麻烦了。不到一个小时就能搞定，能帮帮我吗？”

听了葛原的话折口马上就意识到其中有诈。表面上葛原是合同到期不再续约，但其实是被开除了这件事研究所里没有人不知道。

他进入研究所的目的是什么？这一点也很容易察觉，一定是K-55。他会拿K-55来做什么呢？

马上浮现的可能性是将K-55带走。目的呢？很可能是复仇。而复仇的对象一定是东乡。

那就有意思了。折口对他们之间的瓜葛十分感兴趣。哪一个都不是什么好东西，搞不好还能坐收渔翁之利，至少也能抓住东乡的小辫子。

葛原用试探的目光催促她的回答。

折口决定装傻。装出毫不奇怪的样子答应了葛原。葛原瞬时乐开了花。

“太感谢了，帮了大忙了。真的谢谢你！”他点头哈腰了无数次，“下次有机会请你一起吃饭。”

葛原的这句话毫无诚意，连社交辞令都不如。“不用了，您不用客气。”折口认真地回绝了他，既然决定装傻，就要装到底。葛原心中一定觉得她傻到极点了吧。

晚上，两个人前往研究所。折口之前已经为葛原拿到了访客用的ID。进入研究所，通过静脉认证打开实验区的门之后，葛原对她说："你可以回去了。一想到有人等着我就不能安心，你真是帮了我大忙了，十分感谢。"

折口依然没有露出怀疑的样子："不客气，那就麻烦您收拾好。"

"嗯，好的。"

看到葛原消失在门后，折口动身前往东乡的办公室——是为了安装今天傍晚在秋叶原买的窃听器。

周一早上，窃听器马上发挥了功效，东乡和主任研究员栗林的话被折口听了个一字不漏。

听起来是葛原将K-55拿走，用来威胁东乡。葛原的小心眼让折口很失望。如果是以金钱为目的的话，要挟大学多好，那样的话何止三亿，再多几倍也没问题。

但是更让她吃惊的是葛原竟然死了。真是完全没想到。不过这也证明了他毕竟不是做智能犯罪者的材料。

得知负责回收的人是栗林，折口更是满心欢喜。求之不得，那样的人根本不是对手。恐怖的生化武器K-55，如果能弄到手的话必定用处多多，就算拿去卖也能卖很多钱吧。

折口真奈美向镜子中的自己笑了笑。

之前没有遇到过什么好事的人生终于变得有意思起来了——

7

放在枕边的大闹钟响了起来，根津马上伸手按停了它，虽然意识醒了过来，但是似乎还有一些疲倦。“看来我也老了。”根津自言自语地嘟囔道。

他住的地方是出租商店的二层，店长是他的老相识，以特别优惠价把这里租给了他。这里以前是个仓库，现在还摆着出租用的道具，不过随着客人的减少，就逐渐废弃了。

根津看向窗外，天上飘着零星的小雪。根据天气预报，今天的天气似乎不会太坏，根津希望这个预报能够准确。

准备完毕，根津从商店后门走出。出租商店八点营业，离店长他们来上班还有一段时间。根津将门窗都锁好。

雪场就在眼前。轧雪车已经开始作业。

在便利店买了便当再去往巡逻队的驻地，队长牧田已经在入口处做上了柔软体操。牧田是拥有三十年经验的老巡逻队员，山岳滑雪的技巧令根津望尘莫及。

“早上好。”根津上前打招呼。

“早。我听说了哦，你好像和美女约会了是吧。”牧田一边做屈伸运动一边说，“你在哪发现的美女啊？”

根津不禁望了望天。

“您这情报可真及时——不如说这村子真小，没想到都能传到您这。”

“别打岔。听说是个很漂亮的姑娘啊。”

“确实很漂亮，不过和我没有关系。是个滑雪选手，打算参加这次的比赛，提前来适应场地。”

“挺好的嘛。追着试试看？顺利的话我给你当媒人。”

“不用了。真的只是普通见个面而已。”

“是吗？听说气氛还不错呢。”

“那都是瞎说。”

根津没有说千晶半开玩笑要和他约会的事，否则被夸张到什么程度完全没法想象。

“换个话题，今天板中的人要来。”

“板中？”

“板山中学的滑雪课。大概是二年级学生吧？一共有六十多人。”

“啊，说起来去年也来了呢。”

板山中学是隔壁村子的学校，开车二十分钟左右的距离。

“例行公事。现在这年头开滑雪课的学校一年比一年少，只有板中还在坚持，尤其显得珍贵。”

“确实如此。”

“上课要用的是日向雪场和天堂雪场，之后是自由活动时间。

不全是认真听话的孩子，升降机底下也要拜托你好好检查。”

“明白了。”

对滑雪场来说，学校的滑雪课是很大的收入源。首都圈以及关西，甚至九州的修学旅行全算上的话，就成了小金库一般。但是实际上更需要重视的是对当地的孩子们的普及。

让滑雪场热闹的条件只有一个，那就是增加滑雪的人数。但是如何才能增加呢？通过电视或者电影产生话题，一段时间内确实有效，但是更重要的是，让滑雪成为一种普通的爱好被人认知。那要怎么办才行呢？归根结底，答案还是会回到人际关系上来。无论什么样的爱好或者游戏，受自己关系密切的人影响而产生兴趣的情况都是大多数。

长野县出身的年轻人大多数都会去首都圈、东海、关西一带的大城市发展，他们在那里构筑人际关系时，向其他人传达滑雪等冬季运动的魅力，才是朴实却又最切实有效的方法。

其他队员也陆续来上班了，根津吃完早饭，和大家开会之后，便乘着雪地摩托车奔向待命地点。抬头看向天空，云开始散了，这样下去中午就会出太阳吧。

看上去像是一个好天气。

8

前方终于出现了写着“欢迎来到里泽温泉滑雪场”字样的标识牌。看到这个，栗林长出了一口气。今早从家里出来的时候是五点，接着去事先预约的租车店租了一台四驱 RV 车出发。走在高速公路上的时候毫无问题，但是下了高速之后的约二十公里路却充满了考验。毕竟在雪道上开车对栗林来说还是第一次。倒霉的是雪还不停地在下，视线也不好。栗林不敢踩油门，只能一点一点地往前挪，途中被好多台车从后面超过。“爸，再开快一点啊。”秀人在旁不停催促。栗林只能说：“别瞎说，安全第一。如果出了事就不能去雪场了。”

但不管怎么说还是花了很长时间。现在距离从租车店出发已经过去四个多小时了，早知道还是坐新干线好了，栗林很后悔。到长野站一个半小时，接着坐直达大巴，再有一个多小时就能到。之所以没坐新干线，是因为栗林有一个要去滑雪场就要开车的错觉。而且知道能坐新干线也是出发之后的事了，还是听秀人说的。

不管怎么说，平安到达就好。过了标识牌，左边就是大巴的停车场，前面就是里泽温泉村。旅馆和商店鳞次栉比，突然就变得热闹起来，路上走的行人也很多。

路忽然变窄了，而且很复杂，绕了好多弯路才到达预订的旅馆。

昨天夜里急忙预订的是一个名字很西洋风的旅馆。在停车场停好车之后，栗林父子从车上卸下行李。

进了旅馆之后，左侧是一个小小的柜台，栗林把名字报给里面的一位四十岁左右的女性，应该就是这家旅馆的老板娘。

“是栗林先生吧，欢迎光临。”老板娘微笑着说，“您二位是要马上去滑雪场吗？”

“对，是这么打算的。”

“那我替您保管行李，更换衣服在浴室的更衣室就可以。”

“谢谢。”

“父子旅行真不错啊。”

老板娘这么说，栗林暧昧地点了点头。仔细想起来，栗林从来没有和秀人两个人出来旅行过，连最后一次全家旅行是什么时候、去了哪里都已经想不起来了。

栗林说要让秀人请假陪他去滑雪场时，妻子道代瞪大了眼睛，质问他有何必要。

栗林回答说是工作。

“在里泽温泉滑雪场有一种别的地方没有的细菌，研究需要，一定要收集那个细菌。”

“那你一个人去不就行了吗？”

“滑雪场那种地方我都几十年没去过了，行动不方便，有个人给我做向导更方便。”

“那学校怎么办？”

“请假不就得了。这也算一种社会经验——你说是吧，秀人？”

“我无所谓，Lucky！”儿子双手做了两个V。

道代满脸无奈，但是没有继续说什么，只是在今早送他们两个人出门时说：“既然是难得的机会，就好好玩吧。”其实她看到这难得的父子二人接触的机会，内心说不定会很高兴。

栗林父子按照老板娘说的，在浴室的更衣室换上了滑雪服。栗林的上身是蓝色，裤子是黄色。说起滑雪服，栗林一直觉得应该更贴身一些，没想到上下身都是很宽松的设计。

最后他背起了一个小的双肩包，里面是方位探知感应器和用来收纳K-55的容器。容器里有两层，在出现万一的情况下，能保证细菌不外漏。

看向秀人，他穿着带有防具的裤子，膝盖像排球运动员一样戴着护膝。

“你可真是重装备。”

“不这样的话很危险。我想要做Kicker。”

“Kicker是什么？”

“跳台的意思。”

“跳、跳台？”栗林大吃一惊，“是标准跳台，大跳台的跳台吗？从那里跳下去？”

秀人做了一个往一边倒下去的动作。

“怎么可能。用雪堆的台子，也就两三米高吧。”

“什么嘛，原来是这样。”

“但是一开始也是很吓人的。”

谈话间秀人轻车熟路地做着准备。他的衣服也是宽松的，裤子甚至可以说是肥大，几乎快要掉下来了。栗林说起这个，反而被鄙视了一通：“你去了雪地就知道了，大家都这样。”

“嗯……”

现在的滑雪场变成什么样子了呢？栗林心中直犯嘀咕。他最后一次去滑雪还是大学二年级的时候，受朋友的邀请，去了苗场滑雪场。那次也是开车，记得在上关越机动车道之前十分堵车，雪场里人也十分多，升降机底下排起了长队，排了一个半小时以上。作为新手的栗林中途放弃了乘坐升降机，最后抱着滑雪板爬上了斜面。

存好行李，栗林父子离开了旅馆。秀人抱着滑板，那样子看起来颇有模样。

走上民家和旅馆之间的小上坡，地面上被雪覆盖，到处都变得很滑，栗林小心地迈着脚步。

干燥的空气凛冽无比，脸上颇有一些疼痛感。

“果然很冷啊。”栗林缩着脖子。

“滑起来就暖和了。”

“是吗？你滑雪服里面穿的什么？”

“保暖衣。”

“那个长袖的很薄的东西吗？咦？只有那一层吗？”

“大家都这样。穿多了会热。”秀人一副很不屑的样子。

栗林大吃一惊，他自己在滑雪服里面穿了三层，但还是很担心。这让他再次认识到了年轻的身体和他的常识之间是无法画上等号的。

终于走上了一条大路，拐角处有一个出租商店，里面的柜台处排着队。

店铺中央的台子上摆着申请单和笔等，单子上列着姓名、联系方式、想要租的物品、身高和鞋码等。

“呃，要租的首先是靴子吧。滑雪靴吗？嗯？喂，秀人，滑雪杆是什么？”

“就是那个。”秀人指着里面挂着的东西。

“那不是拐杖吗？”

“就叫滑雪杆。”

“是吗？说起来清单里没有拐杖呢。”

二十年间变了很多呢，果然带上秀人是正确的。

“那么最关键的滑雪板……嗯？”栗林瞪大了眼睛。

“又怎么了？”秀人不耐烦地看向栗林。

“这里，这是怎么回事？”

栗林指着的是滑雪板的一栏，里面有很多种类。

“这就是滑雪板的种类，根据你想怎么滑来决定选哪种。”

秀人解释说根据是在轧雪的斜面滑，还是非轧雪的斜面滑，或者是想要自由滑，选择的滑雪板都不同。

栗林想起了泰迪熊的照片，那明显不是正常路线里的风景。

“那我就要自由滑的。”

“嗯？”秀人往后倒了一下，“你不滑普通的路线吗？”

栗林凑到秀人身边：“你可以随便滑，但是爸爸不是来玩的。跟你说了是工作吧，没有轧雪的地方也有可能要去。”

秀人一直盯着栗林，似乎有什么话要说。

“怎么了？”

秀人一脸正色地咳了一声，说：“爸，你说你上次滑雪是二十年前的事吧，那时的技术怎么样？这个很关键，你一定要老实回答我。”

“那个嘛……”栗林看向左上方，竖起食指，“差不多的程度吧。”

“我说爸，你看我。”

栗林看向儿子，但是马上就想别过头去。

“当时是怎么滑的？那个时候的滑雪板应该很长吧，你能很好地弯着滑吗？”

“呃，怎么说，有时是可以的。”

“有时？那其他时间呢？是把板像这样张开吗？”秀人用胳膊在空中做出一个“八”字形，“也就是所谓的制动转向”。

“呃，好像是这样。”

“OK，明白了。”秀人点了点头，拿过圆珠笔，在申请单上写下了什么。

“那个是在轧雪的斜面上滑的吧？”

“这个就可以了。你要是想出雪道的时候，一定记得脱下滑雪板，千万不能滑出去。”

“就是守规矩呗。没想到你还挺认真。”栗林笑了笑。

秀人不耐烦地摆了摆手。

“守规矩是守规矩。我这是为了您好。在非轧雪的斜面滑非常难。如果在雪道外摔倒了很不容易站起来，搞不好不但没法回来，还有可能遇难。”

栗林不再嬉笑，有一点错愕：“别吓唬我呀。”

“不是吓唬你，认真说的。拜托你了，就按我说的做，我可不想呼叫救助队。”

看到秀人认真的表情，栗林也觉得他说的并不是夸张，于是点了点头。

“说好了呀，说话要算数。”

“好了好了。”

“真的假的？很不让人放心啊。”秀人满脸严肃。

拿着申请单走向柜台的途中，栗林不禁嘟囔了一句，到底谁是老子谁是小子？

看到实际的滑雪板，栗林又吃了一惊。和记忆中的形状完全不同，还似乎短了一截。

“没关系，只要是制动转向的话，和以前的没有区别。”秀人说。

租用了一套道具之后，两个人走出了商店。滑雪板很重，滑雪靴很硬。栗林很担心穿着这么硬的鞋要怎么在雪里移动。

直到身旁的秀人突然发出一句小声的赞叹之后，栗林才抬起头。眼前是一片广阔的雪场，周围高山环绕，眼下缆车延伸到很远。

噢，栗林也不禁发出了赞叹声：“好壮观！”

放眼望去尽是银装素裹。二十年前的记忆复苏了，没错，滑雪场就应该是这样的地方。和普通生活完全不同的另一个世界。

在升降机售票处买了两张一日畅游券。在旅馆拿来的优惠券派上了用场，而且中学生以下还能享受儿童票。

虽然栗林事先调查了雪场的构造，但还是摊开了最新的地图。山毛榉树第二浪漫升降机没有标记在上面，不过栗林已经记下了它的位置。

“首先去最上面看看吧。”栗林说。

“不行，那可不行。”秀人马上唱反调，“你都二十年没滑过了吧，上去了下不来怎么办？先适应一下。”

栗林仔细想想也有道理，只是他想尽快回收 K-55，心中难免着急。

秀人催促着栗林走向最近的升降机搭乘处，据说这个升降机是通向新手斜面的。

“哇，这是什么？”看到升降机，栗林再次吃了一惊，“能坐四个人？现在都是这样的吗？”

“四人用的现在很普遍了呀。”

“是吗？以前都是一个人的。”

“一个人的我都没看过……”

“哦……”

栗林将滑雪板放在雪面上，开始了热身运动，马上就要再次滑雪了。他将靴子固定在滑雪板上，前后试了试。不用说，能滑动。用拐杖——不对，是滑雪杖——试着在雪面上撑了撑，身体竟然比想象中动得快。有点害怕。

看向秀人，他只把左脚固定在滑板上，右脚可以自由活动。据说是为了在平坦的雪面用来踩踏雪面移动。

原来如此，栗林默默表示理解。说起来他还是第一次看到单板滑雪，感觉一切都很新鲜。

可能是工作日的缘故，升降机并不拥挤，根本不用排队。栗林一开始很紧张，但还是顺利登上了升降机。但是马上就又发出了惊叫。

“你别没完没了地叫啊，这次又怎么了？”秀人实在忍不住了。

“啊，这速度好快啊，升降机的速度这么快吗？”

“因为是高速升降机。现在都是这样。”

“这样啊，科技在进步呢。”

栗林在升降机上俯瞰雪场，身穿五颜六色滑雪服的人在广阔的雪场自由滑行，看起来似乎每个人都技术高超，但实际上可不见得是这么回事。

栗林突然有了一种奇妙的感觉。似乎是在梦中，眼前是一片银色的世界，自己和儿子两个人飘浮在空中，这在一个礼拜前完全没法想象。

但是这又毫无疑问是现实，没有时间沉溺于幻想了，自己还有重大的任务在身呢。栗林重新振作了一下精神。

接近下升降机的地方时栗林又紧张了一下。站在有标记的地方，滑雪板就会动起来。

“哇，噢噢噢——”栗林急忙想要张开滑雪板弯曲的时候，已经没法控制方向，笔直地滑了一段之后，失去平衡摔在了地上。

“没事吧？”秀人担心地问道，伸出手来拉住栗林。

“啊，没事。”在儿子的帮助下，栗林站了起来。

“看起来很危险啊。”

“就是还没习惯。”

横着滑了一段距离之后就到了雪场的入口。向下一看，栗林马上就缩起了身子——坡面很陡。

但是身旁的秀人却说：“啊，这里的话爸爸没问题，是新手用的斜面。”

“咦？这是新手用的？”

“对啊，你看，那么小的小孩都能滑。”

栗林看向秀人指的方向，果然一个十岁都不到的小孩在灵活地滑着。

“爸，你滑起来试试。”

“哎？不了，还是你先滑吧，我不太知道该往哪边滑。”

“也好，爸爸你就向着升降机滑就行了。”

秀人将右脚固定在滑板上，嗖地一跳开始滑行。左旋右转很是轻松，还不停穿插几个跳跃的动作。明明是左脚在前，不知何时右脚却到了前面。到底要经过怎样的训练才能那样像杂耍般地滑行呢？

秀人滑了一会儿停了下来，向栗林挥了挥手，招呼他赶快滑过去。

栗林战战兢兢地滑了起来，不用说，是制动转向。但是速度还是超过了预想，感觉腰直往前冲。

“哇，哇啊，咦咦咦！”

下半身跑在前面，上半身留在后面，回过神来的时候已经摔倒在了地上。眼前是一片晴空，不觉间雪已经停了，天空一片晴朗。

栗林费劲地起身，看到儿子抱着胳膊站在远处。

“总之绝对不要冒险，觉得不行了就把雪板摘下来，走着下去。明白了吗？”秀人语气强硬地强调。

“都说了知道了，你还要说多少遍。”

“我是担心你。虽然没抱有什么期待，但真没想到会这么烂，连制动转向都滑不利索。”

“好奇怪啊。”栗林歪了歪头，“以前不是这样子的呀。”

“我虽然只玩单板，但是肯定也比你强。”

“不可能，别眼高手低。”

“谁知道。总之你要小心。”

“啊，不用你操心。”

父子二人坐上缆车，终于要向山顶出发了。车内可容纳十二个人站立，除了栗林之外的五个人，都是一副很高兴的模样。

从缆车的窗户看下去，就会切身体会到这座雪场的广阔。要在这么一座大山之中找到一个小小的泰迪熊，而且山上有无数的山毛榉树，栗林开始担心起来。

走了约十五分钟，缆车到达了上一站。外面的空气变得更冷了。

“哇，山顶真是冷啊！”

“这还不是山顶呢。”秀人说，“这前面有个升降机，首先要搭乘那个，接着再滑行一段，再搭乘一个升降机，然后才是山顶。”

“那么多……”

“您怎么办？我想先在这里滑一会儿。”

“没问题。我去山顶，毕竟有很重要的工作。”

“好的。”

“要当心哦。”

“我可不想被你这么说。”秀人一副不满的样子，抱着滑板离开了。

秀人走后，栗林心里有点没底，但还是抱着滑雪板开始前进。经过一小段上坡之后，终于到了斜面的入口。游客纷纷在装备滑雪板，俯瞰下去，在几十米远的地方有一个升降机。

栗林用制动转向的姿势小心翼翼地滑，总算是滑到了升降机的地方。幸亏刚才在底下练习了一会儿，要不然恐怕连升降机都坐不上。

升降机旁就是树林，但是树之间的间隔较大，所以没有被禁止滑雪，偶尔有人从那里经过，扬起一片雪，发出很爽快的笑声。

可是仔细看上去就会发现，还是有人摔倒在了雪里，想要站起身的时候发现膝盖以上都埋在雪中，无法灵活动弹。栗林想起秀人的话，果然在非轧雪的斜面滑不是一件容易的事。

下了升降机，就看到了标记着山顶升降机的标识牌。栗林决定向那里滑。看起来并不是很陡的斜面，他谨慎地滑起来。

但是不一会儿栗林面前就出现了一个在他看来简直就是悬崖峭壁的斜面。看向周围，也没有其他的路。其他的滑雪者轻松滑过，看起来每个人都是高手。

栗林下定决心站在斜坡边上，一点一点往下行进，那动作与其说是滑雪，不如说是在挪动。

这时，突然从身旁现出了一个穿着粉色滑雪服的人影，栗林想要躲开，但是就在那一瞬间，动作走样，反应过来时已经晚了。栗林摔了一个屁蹲儿，就这么滑了下去，帽子和护目镜都摔了出去。

“不好意思——”不知从哪传来一个男人的声音。

终于停了下来，栗林站起身，环顾四周，一个身穿白色滑雪服的男人就停在身边，向他伸出了手。

“您没事吧？”

“啊，多谢。”栗林抓住男人的手站了起来。

“不好意思，您没有受伤吧？”男人问。

“嗯，没有……呃——”栗林完全不明白对方为什么要道歉。

这时又过来了另外两个人，一个穿着黄色的滑雪服，还有一个穿着粉色的，身形很小，应该还是小学生。

“对不起。”身穿黄色滑雪服的女人递给栗林他的帽子和护目镜。栗林收下后表示感谢。

“快，你也要道歉。”女人对小孩说，“因为是你挡住了人家的去路。”

穿着粉色滑雪服的女孩子低下头道了句歉，声音很是可爱。

原来如此，栗林明白了。

“没关系的，都怪我滑得太烂了。”

“不，在滑雪场，越是这样的人越需要多加照顾。”男人说，“没受伤太好了。”

“没关系，请不要在意。”栗林和男人说完，又对小女孩说了一遍。小女孩轻轻点了点头。

三人就此别过，看着他们滑走的背影，栗林不禁感叹他们真是有礼貌。如果都如此，世界会变得多美！

戴上帽子和护目镜栗林才发现，已经从斜面下来了许多，没准有二十多米。摔了一跤反而从陡坡上下来了，真要感谢刚才的女孩子。

看向身旁的树林时，栗林心中一动。是山毛榉树，和那张照片里的景象颇有些相似。

栗林向雪道的边上移动，摘下滑雪板和滑雪杆一起放在雪上，接着从背包中拿出方位探知感应器。幸亏事先为了以防万一用缓冲材料包了好几层，虽然摔倒了好几次，感应器还是完好无损。

将天线对准树林，栗林满怀期待地按下了开关。但是并排的八个 LED 灯一个都没有亮。试着换了换天线的方向，结果还是一样。

没准儿——

应该去更深处。虽然说可以接收三百米以内的信号，但是在这大山中也算不上什么。根据那张照片的印象，似乎离雪道有很长一段距离。

栗林环顾四周，正好周围没人。

穿过红色的绳子，栗林踏向雪道外。雪马上就变得柔软了，每迈出一步脚下就会发出靴子踩在雪上发出的咯吱咯吱声。而且没想到的是，朝向树林的路是一个很陡的下坡。

栗林突然担心起不知还能否回到原路，边走边回头看，突然右脚向下一沉。栗林脸朝下摔在了雪里。

9

“了解。”结束通话后，根津将无线对讲机放回原位，拿着雪地摩托车的钥匙，走出了驻地。

“怎么了？”在外面清查救生用具的牧田问。

“山顶的升降机处发来消息，有一个人掉出了雪道，被埋在了雪里。”

又来了。牧田露出一张苦脸：“哪个雪道？”

“似乎是进击第一雪道边上。”

“进击第一？还真是奇怪的地方。在那种地方滑很开心吗？”

“不，似乎不是在滑雪，雪道边上放着滑雪板和滑雪杆。路过的其他滑雪者发现有人埋在雪里，联系了升降机的负责人。”

“嗯……那家伙到底在干什么……”

“不清楚，不过似乎没有受伤，我先去看一下。”根津启动雪地摩托车的引擎，向目标地点出发。

这几年来哪个滑雪场都有越来越多人在禁止滑行的区域滑雪，理由很简单，现在流行在非轧雪的雪面滑雪。单板本来就适合在那种斜面滑，现在又开发出了很多新的滑板，更是助长了流行的趋势。

可是禁止滑行也有禁止的道理。简单来说就是危险。撞到树上受伤，或者迷路无法再回到正规雪道的情况屡见不鲜。甚至还有人遇上雪崩，差点被埋到雪里。

滑雪场一方也有相应的对策，比如增加正规雪道里非轧雪区域的面积，策划带有陪同的越野雪地滑雪团等。但还是于事无补。感受违反规则的快感，才是那些人所追求的。

根津接近了联络中所说的地点，减慢速度，注目凝神看着前方，终于看到了放在一边的滑雪板和滑雪杆。

根津将雪地摩托车停在近旁，一转头就看到了雪道外散落的足迹。

根津谨慎地沿着足迹前行，果然在雪中看到一个身穿蓝色滑雪服的男性筋疲力尽地陷在雪里。

“您没事吧？”根津大声问。

男人扭头看向根津，似乎很吃力的样子。他戴着眼镜，将护目镜歪向一旁，可能是因为眼镜上有雾气吧，在雪中挣扎的话很容易就会出汗。

“出不来了。”男人的声音很没有底气，“越想动陷得越深。我该怎么办啊？”

“我明白了，请不要动。”

根津回到雪地摩托车上，拿出绳索，再回到刚才的地方。如果太深入的话，连他自己都有可能遇难。

离男人所在的地方约有五米。

“我现在把绳子扔给您，请接住。”

“好。”

根津瞄准目标扔出了绳子，正好落在男人的身边，男人伸出手抓住了绳子。

“好了吗？请抓住绳子上来。”

男人抓住绳子开始往上爬，可能是因为过度疲劳，他的动作很缓慢，根津不得不大声给他鼓劲。

快到根津身边时，根津伸出手握住男人的手，将他拉了上来。男人大口喘着气，脸上全是汗。

回到雪道后男人一屁股坐在了地上。

“您为什么要到那种地方去？”根津问，“是去上厕所吗？”

经常有人因为突然想去厕所而跑去雪道外解决。

可是男人摆了摆手：“不是，怎么说呢……对，自然观察。”

“自然观察？这附近有什么特殊的东西吗？”

“是我的爱好。请不要在意。”

“就算您这么说，滑到雪道外面的话也不行啊。”

“对不起，没想到会是这样……今后我会注意。”男人脸上挂着奇怪的表情点了点头。

“请注意。”根津说。

看他摘下了滑雪板，说明他跑到禁止滑行的区域并不是为了滑雪。看起来道具是租借的，而且也不是深雪用的滑雪板。

男人开始重新安装滑雪板。根津发动雪地摩托车离开了那里，他总觉得哪里不对劲，停下车回头看了一眼。

男人正要滑出，果然如根津所想，滑得不怎么样，或者说根本就是个新手。根津觉得这种水平还是培训一下比较好，但是这种话说出来就成了多管闲事了。

那种程度的技术，只身一人，为什么要到那种地方滑呢？而且说是为了什么自然观察——

虽然疑问不停地涌上，但是完全找不到合理的答案，根津只好发动雪地摩托车，再次出发。

10

里泽温泉太棒了！全是粉末状的雪，在哪滑都很爽。不好意思，这次我要尽情滑了。全是拜大家所赐，Thank you。我给你们买礼物，原谅我吧，拜拜。

附上在雪花飞舞的雪场拍的照片，秀人将邮件发送给佐藤和铃木。昨天夜里把突然要去里泽温泉滑雪场的消息告诉他们之后，得到了他们的一致嘘声。当然并没有恶意，他们两个都没有去过里泽温泉滑雪场，他们让秀人多搜集一些情报。

秀人在缆车下降点附近的咖啡馆里吃了一个汉堡，看了一下表，刚过下午一点。店里人很多，但几乎都是欧美人，反倒是日本人很少。

秀人和父亲和幸说好了下午五点回旅馆。和幸反问他会不会有问题，但是从秀人的角度来说，父亲能不能顺利回来才是问题所在。没想到他滑得竟然那么烂。

不过，说起来父亲年轻时候的事情秀人从来没有正儿八经地听说过。谈起这种事来只会徒增麻烦，秀人一直都是敬而远之的。最近更是尽量不和父亲碰面，他很怕会被他各种找碴儿。

但是看到虽然技术很烂但却拼命制动转向的和幸，秀人心中一热也是事实。知道父亲和自己现在正热衷的滑板不是完全生活在两个没有关系的世界这一点，就让秀人莫名地很高兴。屡次摔倒又试图站起来的和幸的身影，说得夸张点，让秀人很感动。

秀人觉得能来这里真是对了。就算不是多么漂亮的雪场，也很值。

不过说起来父亲现在到底在做什么呢？秀人希望他最好不要受伤。

喝光可乐，秀人重新做好准备走出了咖啡馆。今天的天气一直不错，秀人走到斜面的入口，装好滑板开始滑行。这次他想换一个缆车。里泽温泉滑雪场一共有两个缆车。

秀人提高速度，滑得很舒服。经过轧雪的斜面持续不断，角度正合适，最适合 Carving Turn。

秀人由 Frontside Turn 转成 Backside Turn。就在那一瞬，视野的左侧现出了一个人影。想到“糟糕”的时候已经迟了，眼看着自己的滑板前端和一个滑雪板交错，接着身体就感受到了一股冲击，秀人失去平衡，摔倒在地上。

秀人两手撑地站起身，对方就倒在他身旁，同样慢慢坐起，转过来朝向他。是一个穿着深色滑雪服的女生。

“看好了再滑啊！”秀人说。

“我？”对方发出很意外的声音，“是因为你突然滑出来了吧。”

“才不是，我是看着前方滑的。”

“算了。”对方不愉快地沉默下去，站起了身，装上了因摔倒而掉下的右滑雪板，重新拿好滑雪杆，“你没受伤吧？”

“我倒是没事……”

“那就好。”对方说着就滑了起来，姿势很标准。

秀人也重新开始滑，但是心里一直残留着一种很不爽的情绪。刚才的局面即使吵起来也不奇怪，但是对方首先让步而避免了争执。而且对方在那种情况下仍然能关心他是否受伤。

在许多人同时高速滑行的雪场，必须要时常关注身边的状况，一旦出现相撞事故时，就算觉得不是自己的错，也要关心对方的身体，互相打声招呼之后才分开，这是雪场的礼仪。秀人为自己没有遵守礼仪而感到很难为情。

抱着郁闷的心情滑也无法享受滑雪的乐趣，秀人完全没顾及雪道的情况，不知不觉间已经到了缆车附近。

秀人卸下滑板，走入缆车搭乘处，走上台阶。这时他发现了刚才那个穿着深色滑雪服的女生，看起来她只有一个人。

缆车能同时载六个人，但是因为游客不多，基本上大家都是相伴而来的两三个人一起，马上就轮到了她。

看到她孤身上了缆车，秀人赶紧跟了上去。最初女孩似乎并没有发觉，转过身之后“啊”地张嘴叫了一声。

门随之关闭，缆车开始行进。

“呃，那个……”秀人无奈地低下了头，“刚才真不好意思。”

女孩挺直了身板，因为护目镜的镜片是亮面的，无法看清表情。

“你是为了道歉才上来的吗？”

“嗯，总觉得有点过意不去。就像你说的，没准其实是我的错。”

女孩嘴角露出了笑容。

“彼此彼此吧。我也没有道歉，对不住了。”

秀人点了点头，心情突然就转晴了。

“你从哪来的？”女孩问。

“东京。和我爸一起来的，今天早上刚到。”

“和你爸爸一起？你上几年级？”

“中学二年级。”

“啊，我也是。看你个子很高，还以为你是高中生。”

“你也是？原来如此，但是你滑得很棒啊。”

“谢谢。但是在这一带，像我这种程度的人有很多哦。”

“那就是说你是本地人咯？”

“对。今天是学校的滑雪课。”

“说起来有好多贴着号码的人呢。”

“因为有课嘛。我上午也被贴上了号码，但是下午开始，水平高一点的就可以自由行动了。”

所以她才一个人在滑，秀人终于明白了。

“不过这里可真是个好雪场呢。我是第一次来，根本没想到会有这么大，雪质也没得说。”秀人看着窗外的景色说。

“你都滑了哪？”

“呃……”秀人取出雪场地图，开始讲解自己从今早开始滑的雪道。

“那就是还没去那里咯。”

“哪里？”

“穴场。交通有点不方便，所以很少有人去滑，现在这个时间的话，应该有很多粉状雪。”

“真的？怎么去？”

女孩摇了摇头：“很难说明白，我带你去吧。”

“真的可以吗？”

“可以啊，正好我也想去。”

“太好了，真棒！”

“可以告诉我你的名字吗？”

“当然了。”

听到秀人的名字，女孩夸奖道：“秀人，好帅的名字，像足球一样。”

“因为我妈是拉莫斯·瑠伟[①]的粉丝。”

“哈哈，原来是这么回事。”

女孩也说出了自己的名字——山崎育美。

秀人心里盼着她能顺势摘下护目镜，感觉会是个很可爱的女孩子。可是结果很遗憾。秀人心想要是自己先摘下护目镜的话没准对方也会一起摘下，但是这样好像自己的意图就太明显了。

---

① 拉莫斯·瑠伟，出生于里约热内卢的巴西人，足球运动员，后加入日本国家队。

没多久缆车到了终点。秀人在安装滑板时，听到了有人叫“山崎”的声音。

年纪相仿的两个少年走了过来，两个人都装备着滑雪板。

“我现在和高野去一个神秘的地方，带上你吗？”身穿茶色滑雪服的少年说。高野应该就是后面身穿绿色滑雪服的少年。

育美轻轻挥了挥手：“不去。我要给朋友带路。”

“噢——”少年颇有深意地看着秀人。

“高野君，滑得怎么样？”育美向后面的少年搭话。

少年轻轻耸了耸肩：“还行吧。”态度很冷淡。

“那就待会儿见吧。”茶色滑雪服的少年说着滑了起来，高野也跟了上去。两个人转眼间就滑远了。

“你不去好吗？”秀人站起身问育美。

“无所谓。神秘的地方什么的，反正肯定是雪道外。如果被巡逻队发现告诉学校的话，肯定挨骂。”

“那确实不太好。”

“所以不用在意，走吧。”

育美说着就滑了起来，秀人也赶紧跟了上去。

11

眼前就是目的地，川端健太进一步加快了速度，因为中途有个上坡，不加速的话很难上去。虽然看不到后面，但是高野裕纪应该跟在后面。两个人从小就是好朋友，还是同学。

转过弯，目标就在右前方。树木稀疏，前面挂着红色绳子，离雪面有一米高。

健太放低重心，笔直向前，从绳子底下钻过，穿过树林。果然如他所料，并没有他人来过的痕迹。

树林到了这里变得有一点密，但是对健太他们来说算不了什么。虽然并没有装备特别的滑雪板，但是他们从小就习惯了在深雪中滑行。在轧雪的斜面规规矩矩地滑完全没有意思，上午的课无聊透顶。

突然眼前豁然开朗，健太停下脚步，身后的高野也跟着停下，站到健太身边。

“Lucky，果然还没有人来滑过。”健太看着斜面说。

“昨天下了不少雪呢。”高野点头说。

他们面前的雪面连一道痕迹都没有。因为这里被密集的树林遮住，从雪道上根本看不到。健太他们也是从朋友的哥哥那里听说的，要不然也不会发现这么一个绝妙的去处。

“走啦，高野你去哪边？”

高野犹豫了一下说：“左边吧。”

“OK，那我就去右边。”

“别走太远。”

“知道。”健太兴奋得快跳起来了。这个斜面无论从哪边滑都很有意思，但是右侧更有角度，而且雪也更深，只是有走太远回不来的风险。

在深雪滑行时的诀窍是控制重心的位置，要比平时向后，这样滑雪板的前端就会自然向上，也就不会陷在雪中，可以浮在雪上滑了。习惯了这种感觉之后，再在普通的雪道上滑会觉得有点蠢。虽然明知道不应该，但健太他们还是难以抵挡征服禁止滑行的树林或者升降机下的诱惑。

滑得还在兴头上，就接近了临界点，越过这里就有回不来的危险。健太之前有过很多次滑过了头，最后只能抱着滑雪板走回来的经历。那种遭遇他再也不想经历了。

健太掉头，转身向左。滑了一会儿，就看到了前方的绿色滑雪服。是高野。不知为什么停在了那里。可能是在等健太，但是看起来又不像。

健太放缓速度接近高野：“怎么了？”

高野没有说话，用手指了指身旁的树。

“嗯？什么东西？”健太看向高野手指的方向。树上用钉子钉着一个奇怪的东西，“咦？为什么在这种地方……”

是一个小小的泰迪熊，看起来还很新。

“你觉得是怎么回事？”高野问。

健太摇了摇头：“不知道，又不像失物。”

“可能是谁在这里去世了吧，交通事故的现场经常有人放花之类的。”

“不太可能。要是在这个雪场发生那种事肯定会引起骚乱的，巡逻队之类的肯定会管理得更加严格的。”

“也是……”高野一副不太释然的样子。

健太伸出手，拿下泰迪熊。仔细看上去，似乎是个高级牌子。

健太打开滑雪服的口袋，把泰迪熊放了进去。

这时高野大叫一声：“啊，你要拿回去吗？”

健太不好意思地嘿嘿笑了：“还是不太好吧？”

“当然啦，没准有什么特殊的意义呢。”

“但是本来这就是不应该进来的地方啊。”

“虽然如此，但是随便拿走也不好哇。”

“那我应该跟谁申请啊？”

“那我怎么知道。但是随便拿走，惹上麻烦的话就糟了吧。”

“嗯……”健太从口袋里拿出泰迪熊。其实他有一个喜欢的女孩子，想把这个泰迪熊送给对方。买新的送总觉得有点不太好意思，如果是这个的话感觉就没什么心理负担。“我在树林里捡到的，喏，就给你好啦。”这么说的话就可以了。

可是完全无视朋友的意见也不太好。高野很认真甚至有点神经质。本来他就对这种在雪道外滑行的行为有所抵触，只是为了健太才勉强应允。

“好吧。”健太把泰迪熊放回了原处。

两个人穿过树林确认没有巡逻队员之后返回雪道。

“再去滑一圈吗？”健太问。

高野一副不太感兴趣的样子歪了歪头。

“我直着下去，歇一会儿。”

“哎？真的假的？这不才刚开始滑吗？”

“总觉得有点没干劲，抱歉。”

“呃……那好吧。”

最近高野总是这个样子，个中理由健太也有所察觉，只是没有挑明。他想通过陪高野一起滑雪来让他重新恢复起来。

健太和高野分开，开始一个人滑。这时听到有人在叫他。回头一看，原来是一年级时的同学，正在和他平行地滑着。这个同学也是滑雪技巧很高的人。

“你去哪滑了？”对方大声问。

“山顶。”健太也大声回答他。

“谁信啊，我刚才看见你了，你出雪道了吧？我一会儿也过去。”

“算了吧，一点都不好玩。”

“得了吧，我才不会上你当，待会儿见吧。”对方向他挥了挥手，逐渐远去。他也对雪道外的地形很熟悉，似乎是要去刚刚健太滑过的地方。

那个泰迪熊不会被他发现吧？明明已经放弃了，但是健太总莫名地觉得有些不安。

12

在身着五颜六色滑雪服的人群中，黄蓝的组合很显眼，再加上那个人的滑雪技术相当糟糕，跟踪起来很轻松。或者不如说甚至希望他能滑得再快点。为了不被察觉，需要和他保持一定的距离。也就是说如果那个人保持这样的速度，就一定要和他一样停停走走地滑。滑行一段，停住，再滑一段，摔倒。一直保持这样的频率重复。跟踪的人也只能和他一样不自然地前行。真担心其他的人起疑心。

目标栗林和幸总算是滑到了山麓，似乎要乘坐缆车继续向上。

折口荣治一边跟着栗林一边给自己的姐姐真奈美打电话，将现在的情况汇报了一下。

“准备和他接触吧。”真奈美冷冷地说，“先打个招呼什么的。”

“然后呢？我该说什么？”

电话里传来一声冷笑：“目的是让对方放松警惕，随便说点废话就可以。这些你总该会吧，已经不是小孩了。”

折口胸中涌上一团怒火，但是强压了下去。

“需要拿到感应器对吧？需不需要埋下一些伏笔，设下一些包袱啊？”

“什么埋伏笔设包袱，不要在那里转高级词汇，说点‘有困难的时候找我帮忙’的话就足够了。加上一句‘我对这一带很熟悉’也可以。”

“我对这一带不熟悉哦。”

“废话少说。在这种无关紧要的地方你倒挺诚实。你就按我说的去做就好了。”

“知道啦。”

折口挂断电话，加快脚步，因为栗林已经走上了乘坐缆车的台阶。

缆车搭乘处人并不多，身穿蓝色滑雪服的人站在队尾，折口站在了他身后。

“刚才不要紧吧？”折口轻轻在对方耳边说。

栗林吓了一跳，赶紧回头看，护目镜后面的眼睛瞪得很大。

“我就是看到你摔倒在雪道外面的人。”

栗林“啊”了一声，张大了嘴。

“是这样啊，在下面看得不是很清……那时候真是多谢了，我又动不了，也没法呼救，都不知道该怎么办了。你在上面叫我的时候，我还以为是上天的帮助，真的太感谢你了。”

“没事没事，你没受伤就最好了。”

这时缆车来了，两人一起乘了上去。

栗林摘下手套，取下护目镜。护目镜的下面戴着金边眼镜，上面已经起了一层雾。栗林从口袋里拿出一张餐巾纸，擦了一下之后重新戴上。做完这一串动作之后他说："真是服了，滑雪真是很累啊。"话里面充满了感触。

折口也摘下手套和护目镜："你是一个人吗？"

"不是，和儿子一起来的，那家伙现在不知道在哪呢。"栗林从窗户里看了看外面。

"问你一个问题不知道是否方便，刚才在那种地方，你在做什么呢？我看你好像卸下了滑雪板。"

"啊，你说刚才啊，也没有什么特别的目的，就是说突然产生了兴趣……想看看雪道外面是什么样……"栗林笑得很不自然，目光有些游移。

"是吗？我还以为你在找什么东西。"

"找东西？"

"有时会有这样的人。在升降机上掉了手套，或者想在禁止滑行区域滑时丢了东西之类的。"

"哈哈，这样啊……"

"如果是这样的话，没准我能帮上你。"

"嗯？你的意思是？"

"不是吹牛，我对这一带的山很熟。对这座雪场雪道外的地形也很了解。"折口顺口开始胡说。

"噢，那你是里泽温泉村的居民吗？"

"不，并不是这样，只是来过很多次。"

栗林轻轻点了点头，做出思索的表情。很明显他在犹豫。终于，他欲言又止地说：“麻烦帮我看一下这个。”

“什么呢？”

栗林从口袋里拿出手机，摆弄了几下之后，将画面展示给折口：“就是这个。”

画面上是一片雪景，似乎是树林中。引人注意的是一棵树上吊着一个泰迪熊。

“泰迪熊先不用考虑。”栗林似乎猜到了折口的心思，提前说道，“我觉得这个地方就在这个雪场里。”

“就凭这一张照片？”

“还有其他照片，请查看一下。”

确实还有其他照片，但是每一张的内容都差不多，并没有照到哪些能让人锁定地点的东西。只有角落里的升降机似的东西勉强算是参考，但是并没能起太大作用。

“就凭这些很难判定呢。”

“果然是这样啊。”

“这些照片，能让我留一份吗？回头仔细看看的话，说不定能发现什么。”

“啊，不，这可不行，不好意思。”栗林赶紧收起了手机。

“你在找这个地方吗？”

栗林含混地表示是的。

“泰迪熊是什么标记吗？”

“是的……”栗林突然变了卦，伸出双手表示歉意，“对不起，问了你奇怪的事情，请不要在意，忘记我刚才说的吧。”

“无所谓嘛。让我帮你吧。我就这么滑也没什么意思，而且虽然不能公开说，其实我也总在雪道外滑，说不定能碰到那个泰迪熊。”

栗林眨了眨眼，眼神飘忽不定，似乎内心的斗争很激烈。

折口从口袋里掏出钱包，取出一张名片：“我叫和田。请多关照。”

这张名片是昨天晚上临时做的，上面印着长野市内一家布店的店名和和田春夫的名字。当然这些都是瞎编的。手机号倒是真的，可是不用说，并不是折口本人的号码。

“啊，我叫栗林，不好意思，我没有带名片。”

“这样啊，那就告诉我一下你的电话号码吧，如果我找到了泰迪熊，告诉你一声比较好吧？”

“啊，是，是的。”

栗林说出自己的手机号码，折口将其存在手机中。

“你接下来还要去找那个泰迪熊吗？”

“对的……那个，和田先生，请千万不要告诉别人这件事，要是被巡逻队知道了就麻烦了……”

折口笑了笑：“请放心。我不会对别人说的。只是，如果你找到了泰迪熊，能告诉我一声吗？”

“没问题，我要是找到了，肯定会告诉你。”

缆车接近终点，栗林戴上护目镜和手套，折口也跟着戴上。

下了缆车，栗林马上就开始滑行，依旧是笨拙的制动转向。折口单手握住两个滑雪杆，一边滑一边用空着的手打电话。

“怎么样？”真奈美张口就问，“你该不会被他怀疑了吧？”

“没问题。我还搞到了他的手机号码。”

折口简单复述了一下在缆车内的对话。

“嗯，泰迪熊吗？可能那就是感应器。”

“但是据我观察，那个大叔根本不可能找得到。”

“那就更好了，你要继续取得他的信任，拿到感应器。”

“那还用说。不过真的有钱赚吗？到底是什么宝贝？你也该告诉我了吧。”

“不要让我重复，你知道了也没有任何意义。总之先找到感应器，明白了吗？”

“啊，知道了。”折口狠狠地说了一句，挂断了电话。

昨天晚上，姐姐真奈美相隔许久突然打来电话。自从父母过世之后，姐弟间的往来就变得很少。折口不明所以，真奈美告诉他说有一笔大买卖，问他要不要一起做，有点类似寻宝，搞不好能赚到一笔大钱。

这种事不能错过。最近折口的新事业终于失败，正欠着一屁股债，不知如何是好。

但是真奈美没有透露更多的信息，她只是告诉折口在里泽温泉滑雪场的某处埋着宝贝，泰鹏大学医学研究所的一个叫栗林的人手里有关键信息。那个关键的信息似乎就是能够探知宝贝位置的感应器。

虽然折口觉得事情颇为蹊跷，但是不干白不干，今天一大早他就来到了里泽温泉滑雪场。反正现如今他也完全没有还债的办法。

他决定先找到栗林。折口从真奈美那里拿到栗林的照片，在第一缆车搭乘处盯梢。这里能看到雪场的全景，是绝佳的地点。而因为运行时间有十五分钟之多，很多来滑雪的人都会摘下护目镜。

和照片上长得一样的人是在上午十点过一会儿的时候出现的。折口已经等得不耐烦，正担心栗林还会不会来了的时候，栗林出现了，折口差点没跳起来。

栗林和一个似乎是他儿子的人一起出现，但是马上就分开了。折口开始跟踪，但是被栗林那糟糕的滑雪技术惊呆了，烂到一个小孩子从前面经过就会摔倒的程度。

折口保持一定距离盯着栗林。果然过了一会儿栗林卸下滑雪板，穿过绳子，似乎是准备进入树林。折口悄悄跟上，看向下面，不巧正好看到栗林摔倒在雪里，无法再起身。

这是个机会。和栗林打过招呼之后，折口安排巡逻队来营救，于是才有了刚才那非常自然的接触。接下来只要装作偶然相遇的话，肯定能等到得到感应器的机会。

想着想着，突然栗林不见了。折口急忙四处寻找，最后在雪道边上看到他正在将滑雪板和滑雪杆摆在地上，那样子应该是又准备到雪道外面去了。

折口赶紧跟上，看向树林深处。身穿蓝色滑雪服的栗林正在雪中，他肯定觉得自己是在步行，但是那身姿在旁人看来怎么都像是在爬。

13

“好棒好棒好棒，太爽了太爽了太爽了！”秀人一边滑，一边发出狂喜的呼喊。

育美带他来的雪道无疑是穴场。虽然和主雪道之间的交通不便，而且是非轧雪的斜面，积起的雪挡住了斜面的入口，但是正因为如此，几乎没有人来这里滑过。越过积雪之后就是一片粉状雪的世界，实在想不到这里竟然是正规雪道。

使用升降机，秀人在同一个地方滑了三次，但是还没有满足。

“太感谢你了，我还从来没有滑得这么爽。多谢你告诉我这个地方。”

“那就太好了。”育美很高兴地笑了，“但是有点累了。”

“我也是，口也渴了。去下面喝点果汁吧？我请客。”

“不用客气啦。”

“不行，我一定要表达谢意。啊，但是快到集合的时间了吧？”

“还不要紧。那我再告诉你一个好地方，是我朋友家开的店，我们就去那里吧？”

“很近吗？”

“就在雪场下面。”

育美轻快地起身，秀人也赶紧跟了上去。

育美说的那家店正对着新手雪道，名字叫“布谷鸟”，整个样式模仿山里的小屋。育美和秀人在店门口卸下滑雪板，陆续进了店里。

店里的座位有一半左右坐着客人，育美选了一个靠窗的座位，摘下手套和护目镜，虽然还戴着帽子，但是相貌已经一览无余了。

长长的睫毛，大大的眼睛，加上有点厚的嘴唇，比秀人想象中的还要可爱。

店里是需要先买券再点餐的形式，但是育美直接走向了收银台。店里的一个男人注意到她，露出了爽朗的笑容。男人的胸前挂着“高野”的名牌。

“育美小妹妹，课上完了？”男人亲切地问，一副白牙在经常日晒的皮肤下很显眼。

“现在在自由行动。刚才在上面看到 yuuki[①] 君了。”

“哦。”男人表情认真起来，“那小子怎么样？”

“和川端君在一起，说是要去秘密的地方。”

“呃。”男人一副若有所思的样子，“你们要什么？”接着回过神来问道。

育美看向秀人：“橙汁可以吗？”

---

① 因为是以秀人的视角在叙述，所以目前还不知道高野名字的汉字写法。

“啊，好哇！”

育美向男人点了两份橙汁，接着转向秀人说：“一共二百。”

“二百？两杯橙汁？好便宜呀！”

“滑雪课价格。”说着育美笑了。

“久等了。”说着男人端上来两杯橙汁。所以才不需要买券啊，秀人终于明白了。

回到座位上，两个人开始喝橙汁。看到低下头啜着吸管的育美，秀人胸中小鹿乱跳。明明不是很热，手心却已出了汗。

这时她抬起头，和秀人四目相对。秀人急忙闪开了目光。

“怎么了？”

“啊，没，收银台的人是刚才遇到的男生的家人？”

“嗯。是他哥。”育美点了点头，“就是那个穿着绿色滑雪服的高野君，因为去年上大学，所以现在有时间在店里帮忙。”

“原来如此。”

家长在雪场里开咖啡馆，哥哥在里面打工，弟弟因为学校的滑雪课在雪场里练习——本地人可真厉害。

育美始终看向一点，秀人循着她的视线看去，是一张很大的照片。一张滑雪运动员的照片，上面写着“国体优胜”的字样。

“话说你们明天还有滑雪课吗？和今天的时间一样吗？”秀人问。

“应该是。上午是讲课，下午应该还是自由活动。”

“嗯……”

那明天也一起滑吧——秀人没有说出这句话的勇气，担心刚认识就这么说会被人觉得厚脸皮。

可是如果在这里不说好的话，没准就再也看不到了。那就不抱希望地试一试?

正当秀人下定决心深呼吸的时候，育美突然“啊”了一声，看向门口。

一个身穿绿色滑雪服的人走进来，正是刚才说到的高野。另一个穿茶色滑雪服的并不在一起。

高野摘下护目镜，走向收银台:“妈呢？”

“中午回去了。”收银台的男人回答，“说是不太舒服。”

“又不舒服吗？你让她一个人回去的吗？”

“没办法呀！爸在厨房忙，你说让谁送。”

“不会有事吧？”

“不会吧。不用这么担心，就是不太舒服而已。”

高野不太高兴地离开收银台，发现育美之后，冲育美招了招手，点了点头，重新戴上护目镜，又走了出去。

“他家挺可怜的。”育美轻轻地说。

“怎么了？”

“嗯……两个月之前他妹妹去世了。”

“哎？”

可是育美并有再说更多，想想也很正常，秀人毕竟是外人，而且今天才刚刚见面。

秀人沉默下来，一时想不出该说什么，喝了一口果汁。杯子里已所剩无多，发出吸管吸到空气的呼噜呼噜声。

“换一个话题吧。”育美说，“你明天怎么打算？”

“哎？”

“你今天刚来，明天应该也会继续滑吧，不会就这么回去了吧？”

“啊，嗯，应该还会继续滑。”

“应该……你本来打算待到什么时候哇？”

“这个我不清楚。因为是陪父亲工作来的，我也不知道他那边什么时候结束。”

“但是起码明天还会滑吧。有什么打算吗？上培训课，或者参加旅行团队之类的。”

秀人摇了摇头：“什么都没有，还是普通地滑。”

“那明天还一起滑吧。今天去的地方虽然很好，但是里泽还有很多更好的地方哦，我带你去。”

“真的？那太好了！”秀人身上突然涌上一阵热气，自己都能感到脸红了，“可以吗？”

“当然没问题，我还想让你更多地了解这座雪场的好处呢，定一下时间和地点吧。明天我估计午饭之后就可以自由活动了，下午一点在第一缆车搭乘处前面集合怎么样？”

“嗯，可以。对了，以防万一，我们换一下手机号吧。”

“好哇！”

育美伸手从口袋里掏出手机，和秀人交换了手机号。

滑雪课集合的时间就要到了，两人走出咖啡馆。

“那就明天见。”育美在店门前边装滑雪板边说。

“嗯，明天见。”

看着育美飒爽滑行的背影，秀人浑身洋溢着幸福。一想到明天还能和她一起滑，就禁不住兴奋起来。不过又因为自己没能主动邀请她而觉得有点后悔。最初撞到一起的时候也是，一直都是她在引导自己。

秀人下决心明天要好好努力。

一直滑到四点半，雪场停止营业，秀人回到了旅馆。一个人滑的感觉虽然很不错，但还是有点寂寞，和育美在一起的时间太过开心，更加映衬了这份寂寞。

秀人回到旅馆发现和幸已经回来了，他在地下一层的干燥室脱下靴子，摆好滑板之后走回房间。

秀人敲了敲门，却没有回音，叫了一声爸也还是没有声音。他试着推了一下门，发现竟然没有锁。

房间里一片漆黑，秀人用手在墙上摸到开关，打开灯。

屋子里有两张床，里面的那张床上，和幸穿着内衣睡着了。

14

“不行？什么叫不行？才一天你就这副德行怎么行？”东乡的声音里充满愤怒，震动着栗林的耳膜，栗林不觉将手机离远了一些。

“可是真的很困难。虽然可以接收三百米以内的信号，但是我觉得那是理想条件下，视线好的平地上，或者没有障碍物之类的。可是滑雪场里有很多想不到的障碍物。照片里的地方应该是在雪道外面，被树木包围，到达那里的一路上有很多起伏，所以在雪道上无论怎么弄都收不到信号——”

“然后呢？”东乡抢过话头，“那你到雪道外面不就好了？森林也好，树林也好，你进去不就好了？”

“呃，所长您知道雪道外面是什么样的地方吗？”

“不知道。那种地方，想都没有想过。”

“那请您想象一下。因为是滑雪场，所以当然积着很厚的雪。不是十七厘米或者二十厘米，而是一米两米深，有的地方还要更深。进了那种地方，脚很自然就陷了进去，不知不觉间雪已经没过了腰，连动都不能动，更别提找信号感应器了。”

“可是葛原就去了。同样是人，你有什么不能去的？”

栗林歪了歪嘴，似乎想说：你可真是不懂。

“那不一样。他有滑雪这一技能，在那种地方也可以出入自如。而我不行。”

“那样的话——”

“我不会。”栗林赶紧抢过话头，“在普通雪道滑已经是极限了，而且用屁股滑的时间更长。我可以断言我无法在雪道外用滑雪板移动。”

电话另一端东乡嘟囔道：“那你说怎么办？”

“所以说我是无能为力了，如果能派个人过来支援的话……”

“支援？”

“对，会滑雪的人。滑板也可以，研究所里应该有几个人可以。”

“就算有那我要怎么说明？”

“那就当然要说出真相……不行吗？”栗林越说越没有底气。

“蠢货！”东乡大怒道，“废话，当然不行了。怎么保证那个人不说出去？别在那胡说八道。”

“那就想想别的理由。在滑雪场找感应器的理由。这样如何？”

东乡沉默了一会儿，哼了一声：“哪那么容易想到好的理由？没有说服力还不行，只要有一点被怀疑就前功尽弃了。”

“我明白。让我好好想想。麻烦您能找一个会滑雪的人吗？”

电话里传来东乡的一声长叹：“今天不行了，明天再说吧。”

“那就没办法了呢。总之明天我一个人再试试，但是应该又是徒劳的无用功。”

“别说丧气话，放弃就等于输了。”

“这我知道……”

“说起来昨天电话之后我和折口真奈美谈过了，果然是受葛原指使的。听她的口气，她似乎什么都不知道，连自己的行为是违规的都没有意识到。真是个笨女人，批评了她几句倒还哭上了。”

“哎？是她吗？”

工作上几乎没有关联，栗林不太了解折口真奈美。因为一直觉得她一副面无表情的样子，听说她哭了还颇为意外。

“她会因为这次的事而受处分吗？”

“不，处理不当可能会把事情闹大，这次就先放过她。可是她本人好像挺受打击，说是想请一段时间的假，闭门思过。”

“是吗？还挺可怜的。”

“自作自受，没什么可怜的。那你就继续加油吧，千万不要放弃，听到了没！”

东乡反复重复了好几遍终于挂断了电话。栗林握好手机，叹了口气。

因为不想让秀人听到电话，栗林跑到旅馆的外面，为了御寒，一直在跺脚，难得泡一次温泉，结果身体完全冻僵了。

回到旅馆，走向房间，连上楼梯都觉吃力，每走一步腰和腿都发出悲鸣。

房间里秀人正躺在床上打电话：“总之你们两个来一次就明白了，真是难以置信的粉状雪……不，真的不只是那种程度……什么嘛，偶尔一次不是很好嘛，谁让我总是听你们两个吹了……对啊。”秀人看了父亲一眼，“那就这样了，拜托啦……嗯，对，再联系，拜拜。”秀人挂断电话之后仍然保持同样的姿势摆弄着手机。

房间里除了床还有简易沙发，栗林坐在沙发上，用遥控器打开了电视，里面是一片昏暗的风景。字幕显示着明天的天气预报。栗林不禁嘟囔了一声“这啥玩意儿”。

“直播镜头哦。直播现在雪场的情况，比如风有多大，游客有多少之类的。”秀人说。

“原来如此，很实用嘛。”

“对啊。整个村子都在想办法支持雪场。当地的人知道我们远道而来后还好心地告诉我哪有好玩的穴场。还有来这里上课的学生还帮我给果汁打折。”

“喔，你是怎么知道这些的？”

“啊……听一起坐缆车的人说的。”说着秀人又玩起手机。

一边换着电视的频道，栗林一边重新认识到形势不妙。

栗林很清楚 K-55 的可怕，他向东乡强调的危险性一点也没有夸张。但是他没来到这里之前还是抱有一点希望的，这和雪场的位置有关。一般雪场周围都没有什么聚集的场所，雪融化的时候就没什么人来了，所以出现受害者的可能性比较小。

但是来到这里他才发现自己想得太简单了。里泽温泉这个标准的住着很多人的村子就在眼前。

栗林想象了一下 K-55 的容器破碎时的样子。乘着春风的超微粒子很容易就会到达山麓吧，不到夏天，里泽温泉村就出现受害者的可能性极高。肺炭疽的症状和流感很相似，恐怕治疗一定会延误。就算查明是炭疽，青霉素之类的抗生素也完全没有效力，毕竟是经过改变 DNA 变成的生化武器。

无论如何都绝对要找到并且回收。可是回想起今天这一天栗林就陷入绝望的情绪中。就像他对东乡所说，以他的滑雪技术在雪场里移动的话，捕获到信号的可能性几乎为零。在雪道外更是连移动都成了难题。第一次摔倒之后栗林又抱着必死的决心第二次走出了雪道，结果还是一番折磨，回到雪道都花了好长时间。

还是需要支援。一定要找到既能瞒住 K-55 的事情又能找到人来帮忙搜索感应器的理由，一定在明天之内想到……可栗林想着想着——

大脑发昏，眼皮发沉，强烈的困意袭来。毕竟从早上开始就在雪路上艰难驾车，再加上滑雪，栗林的体力已经到了极限。

栗林就这样躺倒在了沙发上，心里想要关电视，但是连伸手够遥控器的劲儿都没有了。

“爸，你在那睡会感冒的。”

栗林连回答秀人的力气都没有了。

15

栗林感到有人晃动自己，醒了过来，眼前是秀人的脸。

“哎？啊？”栗林看向室内，意识有点混乱，甚至自己身在何处都不清楚。

“天亮了，再不起来的话，来不及吃早饭了。”

听秀人这么说，栗林终于想起来这里是滑雪场的旅馆，而且自己不是在床上而是在沙发上睡着了。身上盖着的被子好像也是秀人给自己搭上的。

栗林费了好大劲起身，全身的肌肉都在肿胀，关节处像是生了锈一样动弹不得。想要站起来时一阵刺痛贯穿腰和大腿。“好疼……”

“你干吗呢？”秀人吃惊地问。

“不行了，起不来了。”

“那我先走了哦。”

“等会儿，我这就起来。”

栗林手扶着墙，缓缓地直起了腰，身体的各个关节都发出了吱呀的声音。他战战兢兢地踏出脚，肌肉痛得简直没法走路。

“不要紧吧？”

“嗯……没事。”

栗林像一个百岁老人一样踮着脚走向餐厅，下楼梯时似乎体会到了地狱般的苦痛。

餐厅里其他游客已经开始吃早餐。栗林二人的隔壁桌子坐着貌似一家三口的游客，其中的孩子看起来还是个小学低年级学生。

看到栗林时，一家三口的爸爸突然“啊”了一声，低下头说：“昨天真是对不住。”

“咦？”

这时一家三口的妈妈也像是发现了什么似的“啊”了一声：“原来我们住同一家旅馆。”

“呃……”栗林看着三个人的脸，终于在女孩身上穿的粉色滑雪服上唤起了记忆，张大了嘴说：“啊，昨天真是不好意思。”

原来是很有礼貌的那一家。那时栗林摘下了护目镜，所以他们记得栗林的相貌。

“你们也住这家旅馆啊，真巧。”

“昨天真是失礼了。”男人笑着低下了头，看起来不到四十岁，皮肤晒成好看的古铜色，很是潇洒。

“哪里哪里，我才是失礼了。”

女孩表情略显僵硬，但栗林向她打了招呼后，也还是很有礼貌地回应栗林，家教很好。

秀人不可思议地看着这一幕，栗林赶紧向他解释了一下昨天的事。

“肯定是因为您滑得太慢了。”秀人白了栗林一眼。

“不，是我家的孩子不对。”男人不好意思地摆了摆手。

“但是你很厉害啊。”栗林看着女孩说，“这么小就滑得那么好，真是羡慕哇！”

男人板起脸，摇了摇头。

“也不好好看周围就加快速度，实在太危险了。昨天后来又和人撞上了，幸好都没有受伤。”

“那不怪我。”女孩尖声说，“那个大哥哥也向我道歉了呢。”

“话虽如此，但是如果你好好注意周围情况的话就能避免冲撞了。美晴你也有错，今天要好好注意，听到没？”

女孩有点不情愿地答应父亲。原来她的名字叫美晴。

看着他们这一家，栗林的心里涌上一股暖意，一家人其乐融融，多么幸福！

自己家可没这么和谐，栗林看向对面，满脸青春痘的中学二年级的儿子正一脸不耐烦地啃着面包。

吃过早餐回到房间两人开始做滑雪的准备，栗林的肌肉痛得穿衣服都费劲。

“我先去干燥室了。”秀人说着走了出去。

苦斗了一番之后栗林终于穿好了滑雪服，检查了一遍行李，确认用来装 K-55 的容器没有破坏之后将它放进了背包里。接着试着打开感应器的信号，确认电池还有电。

突然八个 LED 灯中的两个亮了，栗林大吃一惊。

“哎？”栗林不由得揉了揉眼睛。

但是马上灯就灭了。

“哎？什么？怎么回事？”栗林拿着感应器站起来，在房间里到处走，已经顾不上肌肉疼痛了。

可是灯没有再亮，栗林坐回床上，看着感应器。

刚才那是什么？还是说是自己的错觉？

不，绝对不是错觉。灯确实亮了。为什么？之前电源无数次被打开，但是灯一次也没有亮过。

只是感应器的错误启动吗？如果是故障的话——

昨天栗林摔倒了很多次，受到冲击感应器坏掉了也不奇怪。

一股寒气从后背袭来，栗林的额头上顿时冒出了冷汗。

旁边的手机突然响了起来，是秀人打来的电话。栗林大脑一片混乱中接起了电话。

“你在干什么？”秀人的声音听起来很不满，“我先走了哦。”

“啊，马上就过去。”栗林想起身，脚下一软差点摔倒。这是因为肌肉疼痛还是心里的动摇，栗林也不清楚。

和昨天一样，栗林和秀人在下了可供十二人乘坐的第一缆车后分开，抬着滑雪板晃晃悠悠地走向升降机，脑海中各种思绪交错。这个感应器还正常吗？不会坏了吧？如果坏了的话，还是应该先修理。但是怎么修理呢？送给制造方修理根本不现实，等修完了电池已经没电了。

想了很多但是还是没有结论。总之现在只能祈祷它没有坏。栗林担心得胃里难受，甚至涌起了呕吐感。

他装上滑雪板，滑到升降机搭乘处，四人乘坐的升降机由于人很少根本不用排队。

栗林坐上升降机，正在漫无目的地看着雪景时，身边传来了一声“你好”。看过去，昨天在缆车上看到的男人正在冲自己笑着。

“啊，你是……”对方告诉过自己名字栗林却忘记了。

“和田。早上好。”

“啊，早上好。”栗林点头表示歉意，“总能碰上呢。”

“我在前面看到你，就追了上来。给您添麻烦了吗？”

“不，并不是这个意思。”

“今天也是一个人吗？”

“嗯，是……”

“那我们一起吧？我也是一个人。”

“啊，不，那有点……”

“不行吗？你要找那个泰迪熊吧？我帮你。”

“不不不……”栗林急忙摇头，“我不能让和这件事无关的你来帮忙。你的心意我心领了。”

“这样啊。你不用客气，我就是觉得很好玩，也想一起试试。”

“一点也不好玩。而且我也没有客气，请忘了昨天的话吧，拜托了。”

“嗯……你这么一说，我倒更感兴趣了。”

“真的没有什么，不是什么重要的事。”

栗林觉得事情变麻烦了，开始后悔不该给这个叫和田的人看泰迪熊的照片。那个时候实在是太需要帮助了，但是也不应该随便就找个人。

之后和田也一直在没话找话，栗林随便应付着，心里盼着快点到达目的地。明明是高速升降机，这一次却觉得速度很慢。

升降机终于停下了，但是和田仍然没有离开的意思。

栗林正在困惑不知该如何是好时，发现有人在向自己招手。那人身穿白色的滑雪服，身旁站着身穿黄色和粉色滑雪服的人。是那一家三口。栗林心中一喜。

“哎呀哎呀哎呀，你好你好你好。”栗林发出喜悦的声音，走向一家三口，“哎呀，好开心啊，又遇到了。”

“今天的天气超级好哦。昨天夜里似乎又下雪了，现在是最棒的环境。”男人说。

“是吗？那可太好了，呃，美晴小妹妹吧？滑得怎么样？”栗林问女孩子。女孩点了点头。

栗林看向和田，他正要起身开滑。看到栗林遇到熟人，似乎放弃了纠缠栗林。

一家三口也开始滑行，还是很漂亮的姿态。小女孩也勇敢地展示着自己的技术。

栗林也开始了滑行，虽然肌肉还是很痛，但是与昨天比已经稳定一些了。果然还是已经开始习惯了，没准学生时代的感觉又回来了。

滑了一会儿，栗林看到几个滑雪爱好者头一低，轻巧地穿过绳子，滑出了雪道。

没准，栗林想，在这个雪场有一些只有狂热爱好者才知道的绝好的雪道外区域，葛原很有可能将K-55埋在了那种地方。

这样一来就有必要跟上去了。可是卸下滑雪板走着过去的话根本就没法跟上。

要滑过去吗？时间有限，不是从容考虑的时候。而且今天滑起来状态还不错。

下定决心，栗林深呼一口气，向绳子滑去，拼命低下重心，张开双腿。

成功钻过了绳子底下，接下来就是树林了。雪面上已经有了一些别人滑过的痕迹，沿着这些滑就可以了。

滑到了一个视野不错的地方，栗林暂停下来，从背包里拿出感应器检查了一下信号：还是没有任何反应。已经坏了的想法再一次浮上栗林的脑海。

接下来栗林又重复了几次刚才的过程，逐渐觉得每次停下从背包拿出感应器变得很麻烦。秀人虽然说得很夸张，但是在深雪滑行倒并不是太困难，因为速度不快，反倒比轧雪的雪道更容易。

正在这时，突然脚底下被什么东西一绊，一瞬间天旋地转，下半身传来一阵冲击，栗林摔倒在地上，脸埋到了雪里。

“该死的——”

栗林想要起身时才发现右腿已经动弹不得，只要试图移动就会一阵剧痛。

怎么能停在这种地方——

栗林眼前一黑，这样下去实在没法继续滑，说不定连路都不能走了。

只能给秀人打电话让他来帮忙了吗？但是要怎么和他解释现在的状况？栗林想起了在道具租用店里的对话，儿子反复对自己讲述在雪道外滑的注意事项，但是自己完全不在意，最终像这样动弹不得，儿子会怎么想呢？

可是现在确实也已经顾不上这些了，这样下去的话没有办法寻找 K-55。不但无法寻找，自己还很有可能遇难。

栗林被埋在雪里挣扎的时候，从旁边传来声响，栗林伸长脖子向后看去，正好看到一个身穿大红色滑雪服的人在密集的树林间潇洒滑行的身姿，那动作优美得让人看得陶醉。不过现在不是欣赏的时候，栗林急忙大声求救。

16

根津在将客人从升降机上落下的手套还给失主的时候，放在口袋里的手机响了。是濑利千晶。

“喂，怎么了？”

“喂，根津先生，是我，千晶。”

“知道，发生什么了？”

“嗯，有人受伤，需要紧急救援。”

听到有人受伤，根津马上绷紧了神经：“在哪里？”

“呃，不太好说明。”

“告诉我雪道名称，如果不知道的话，就告诉我在哪个升降机换乘，我大概能猜到。”

“关于这个……”千晶欲言又止，“根津先生，你不要生气。”

“嗯？什么意思？”根津说着，有了一种不好的预感，“难道，是在雪道外？”

“Bingo，真不愧是根津先生。”

“笨蛋，宾什么狗。到底是哪？给我说明一下。”

“呃，入口是山毛榉树雪道第一升降机的前面——”

听着千晶的说明，根津掌握了大致的位置。是下雪后许多滑雪者喜欢入侵的地区。那里虽然没有雪崩的危险，但是树木密集，而且很容易迷失方向，所以被设置为禁止滑行区域。

“受伤的状况呢？是脚吗？”

“右脚。不太清楚，不过应该没有骨折，但是不能动了。”

根津叹了口气。本来在雪道外受伤的人自己没有救援的义务，但是又不能放着不管，只能说了一句让千晶等着，挂断了电话。

回到驻地，根津跨上雪地摩托车，启动警报音，行驶在雪场里。正在享受滑雪乐趣的人纷纷看向他。

接近目的地时他停下雪地摩托车，换上滑雪装备，穿过附近的绳子，一边注意着周围一边缓慢地滑行。

不久面前出现了一个身穿红色滑雪服的人，在其身边一个身穿蓝色滑雪服的人坐在地上。身穿红色滑雪服的人注意到根津，向他招了招手，正是千晶。

根津转身滑到他们身边。

“您辛苦啦。”千晶向他敬了个礼。

根津咂了咂舌，看向身穿蓝色滑雪服的人。那人下身穿着显眼的黄色裤子，卸下来的滑雪板和滑雪杆散落在地上。

“咦？你是昨天的……”

“啊，您好。”那人不好意思地缩了缩头。

是昨天在雪道外被埋在雪里，说是为了自然观察之类的莫名其妙的人。

"您这样不行啊。昨天都提醒您了，让您不要再到雪道外面去了。"

"哦？这样。"千晶在旁边很吃惊，"连续两天……好笨。"

"而且今天您还装备着滑雪板吧，怎么回事？"根津有点生气，低头看向男人。

"对不起，那个，有很多原因……"男人乖乖地低下了头。

"什么原因？请您给我说明白。"

"啊，那个，这个，要说为什么呢，因为我总想在这种地方滑一次……"

根津把手中的滑雪杆狠狠刺向雪里：

"请不要开玩笑！"

男人吓了一跳，接着脸一歪，似乎很痛的样子。

"根津先生，还是先把他送走吧。"

千晶一提醒，根津咬了咬嘴唇，确实如她所说。

"您还能走吗？"

"啊，走起来有点困难……对不起。"

真没办法，根津说着首先将脚下的雪面踩结实，接着卸下滑雪板，转身背对男人，蹲下身子："我背你。"

"咦？这么一大把年纪了还要人背……"

"不是说这些的时候，你要是能自己走还用这样吗？快点。"

"没问题吗？我很重哦。"

"习惯了，没关系，千晶，帮一下忙。"

有了千晶的帮忙，男人从雪里爬出来，上了根津的背。确实不轻，背上身的瞬间，根津的两脚深陷进雪里，但还是想办法装备上了滑雪板。

“千晶，你拿着这个人的滑雪板和滑雪杆。”

“OK。”千晶轻快地回答，拿起了滑雪板，同时发出了一声惊呼，“这是什么？”说着又从雪中捡起了什么东西，看起来像是某种装置。装置上伸出一段天线，应该是无线的机器。

“啊，那是，那是……”男人突然急了起来，“那是我的。小姐，背包，麻烦放到我的背包里。不好意思。”

根津觉得很可疑，但还是决定之后再详细询问。

根津背着男人滑行，首先回到了雪道，接着开动雪地摩托车，将男人送向了救护室。

“骨头应该没有问题，可能是韧带出了点问题。我做了一些应急措施，还是到附近的医院诊断一下比较好。”短发的男人冷静地说，递出标有附近医院位置的地图。他既是按摩师，也是救护中心的前辈，他的说法应该不会有错。

事实上受伤的男人看起来也不是太痛苦。说着谢谢，男人靠自己的力量从床上站了起来。虽然右脚有点一瘸一拐，但是总算还是能走路。

“不要紧吧？”根津问。为了问他一些详细情况，根津一直等到现在。千晶也陪在身旁，根津说和她没关系，她可以先回去了，但是千晶表示很在意详情，于是一起留下来等着。

“啊，还算好。”男人细声说，“这就去医院。”

“你的腿脚还不太方便吧，我开车送你。”

“不，那多不好意思。”男人直摆手。

“没关系，作为交换，让我问几个问题，可以吧？”

“啊，这……”男人低下头。

救护室的外面有板凳，于是根津让男人坐在上面。

“您贵姓？”

“姓……呃，山本。”

男人目光游移，很可疑。

“那麻烦给我看一下可以证明你身份的东西，驾照之类的带在身上吗？”

“啊……现在都没带。”

“骗人。”千晶说，“一般都会带吧。”

“真的。我忘在旅馆了。”

“旅馆在哪？”根津问，“去医院的路上去一趟。”

“咦？啊，那个，不太方便。”

更加可疑了。根津对千晶说：“告诉警察。”

“咦……”男人瞪大了眼睛。

“发现了可疑的人物马上通报，当地的警察是这样指导我们的。”

“不要啊……”

千晶打开滑雪服的口袋，拿出手机。男人的脸色马上变了。

“知道了，我知道了。好的好的，我带着驾照，只是忘了带在身上了。”男人在裤子的口袋里掏出钱包，想要从里面拿出什么，但是不知是因为指尖在发抖还是什么，好久拿不出来。千晶有点等不及，一把连钱包都夺了过来。

千晶拿出驾照看了一眼后说：“根本就不是山本。”说着将驾照递给了根津。上面写着“栗林和幸”。

根津看向名叫栗林的男人：“为什么要用假名？”

但是栗林没有回答，只是一副苦涩的表情咬着嘴唇。

“啊，还有这个。”千晶小叫了一声，把一个类似身份证之类的东西展现给根津。上面写着泰鹏大学医学研究所入所证，贴着照片，名字也和眼前这个男人一致。

“泰鹏大学是一流大学啊。”

根津点了点头，问向栗林：“一流大学的人在那种地方干什么？刚才那个无线的机器是什么？您也该告诉我了吧。”

栗林依然沉默无语。根津叹了口气。

“真是没办法，看来只能报警了。”

栗林抬起头，眼镜镜片后的眼里充满血丝。根津掏出自己的手机，表示自己是动真格的。

“我知道……了。”栗林呻吟般地说。

“可以告诉我们吗？”

“好的。不过可以先把钱包还给我吗？还有驾照。”

根津把驾照还给千晶，千晶将其放回钱包，还给了栗林。

“事情有点复杂。”栗林一边把钱包放进口袋一边说，“这件事还请一定要保密。其实最近我们研究所里有一样东西被偷走了。”

“一样东西是指？”

“那个就是……一个极度保密的东西。”

“这么说完全不明白，能说得再具体点吗？”

“所以说是极度保密的，不能说……”栗林一时不知如何继续说。

“是哪种药吗？”千晶说。

栗林像遭到了电击一样身体痉挛，看向了千晶。

“不是吧，难道我 Bingo 了？”

“Bingo，就是那个。药，我们研究所开发的新药被偷走了。还没有对外界公布，是极度保密的事项。”

“报警了吗？”根津问。

“没，还没有。”

“为什么？”

“那是……因为不能报警。我们也有各种各样的理由……”

“有什么不方便的吗？”根津问。

栗林转动着黑眼珠，点了点头。

“您说的没错。报警的话，新药的事情就公开了，我们想避免这种情况。”

“为什么不能公开？”

“为什么……呃，其实在我们的医院，有一个患者病情很危险，是不治之症，只有这个新药能救他。现在马上服用的话，还有恢复的可能性。可是使用新药治病需要很多手续，因为没有时间，我们最后没有经过许可就使用了，所以不想把事情弄大。”

“药的事情公开了就不能使用了？”

“不能了。政府方面会介入。”

听了栗林的解释，根津轻轻点了点头。太复杂的事情他不懂，但是总算明白了事情的大概。总之就是没有经过政府的手续，进行了非法的治疗。

“这都是为了救人，没有办法。”栗林投来求助的眼神。

“我明白了，但是这和滑雪场有什么关系？”

“偷走药的犯人发来邮件说，如果想要找回药，就要交出三亿日元。三亿日元哦。您不觉得很过分吗？”

根津和千晶面面相觑，看来事情比想象的复杂。

“确实是一笔巨款。然后呢？”

“我们内部商量了一下对策，结果完全没有结果，因为最后犯人死了。”

“死了？”根津皱起了眉。

“对，交通事故。三天前的事。在关越机动车道上被卡车撞死了。”

栗林的话完全出了根津的意料，根津不由得绷紧了身体。

“不像真的。”千晶嘟哝说。

“不骗你们。”栗林有点不高兴。

“但是哪有这种搞笑的事，明明做出了一件严重的危险事情，却被卡车撞死了。”

“我也觉得很搞笑，但是是真事，没有办法。如果你不信，可以去网上搜一搜。在关越的本庄儿玉出口附近的交通事故，死了的是一个叫作葛原的人。”

千晶开始操作手机，在旁看着她的根津说：“还是不明白和这个雪场有什么关系。”

栗林咳了一声。

“犯人是被我们研究所开除的人，这就算了。问题是他把药藏在了哪。我们调查了犯人的邮件和遗留品，发现了他可能把药埋在了这座雪场。

“埋？为什么？”

“其实……说是药，正确地说应该是疫苗。这种疫苗在摄氏十度以上就会死亡，所以埋在雪里是理想的保存方法。犯人说交出三亿日元之后就告诉我们埋在了哪里。”栗林从口袋里取出手机，操作了几下后将屏幕展示给根津，“这是犯人持有的照片，是这座滑雪场吧？”

根津看向屏幕，确实里面的风景很像这座雪场。

“树上吊着一个泰迪熊呢。”

栗林点了点头：“是信号发送器。”

“发送器？”

“据说疫苗就埋在这棵树下。”栗林从身旁的背包中取出之前的无线机器，“这个感应器可以接收发送器的信号。”

这时旁边的千晶“啊”了一声。

“怎么了？”

她将手机屏幕转向根津，上面显示出关越机动车道的交通事故，具体地点是本庄儿玉出口附近。报道里说，事故的原因是驾驶员从故障车里下来，不幸被后方驶来的卡车撞倒。日期也和栗林说的一致。

“和我说的一样吧？”栗林有点莫名的优越感。

根津抱腕陷入思考。虽然事情有点过于跳跃，但是栗林的话有一定道理，不像是临时编出来的谎话。

“拜托了。请千万不要报警。刚才我也说了，事关人命。”栗林深深低下头。

“但是你接下来打算怎么办？你的腿已经没法再去找了吧？”

“所以只能找人来支援……”栗林越说声越小，可能对他来说今后怎么办也还没有想好。

根津一时不知如何是好。不管怎么说，栗林应该是不会再去雪道了。如果再有别的人来增援，确认他的行动之后再对应就好了，但是——

“千晶，你带这个人去医院。”

“根津先生你呢？”

“我去和队长商量一下。既然事关人命，就不能放置不管。”

栗林瞪大了眼睛：“什么意思？”

“那个感应器，能放在我这里吗？我来替你找。”

“哎？你……”

“我虽然明白了你的理由，但是不能放任不了解地形的人进入山里。虽然如果遇难的话，只是咎由自取，但是既然事关人命，我就不能旁观。怎么样？”

根津的提案大出栗林的意料，他不知所措地转着眼珠，终于似乎厘清了思路，抬头看向根津。

“如果您肯替我找的话，那就太好了，真帮了大忙了。可是真的可以吗？”

“我要先和队长商量一下。我不会和别人说，这样可以吧？”

栗林点了点头：“拜托了。”说着想要站起来，但是马上就一副很痛的样子歪着脸坐在了地上。

“没事吧？”千晶担心地问，回头看向根津，“根津先生，我也要帮忙。”

17

下午一点十分钟左右的时候，一个身穿深色滑雪服的人向着缆车搭乘处滑来，看那身姿，秀人马上就知道了是山崎育美，于是挥了挥手。

育美滑到他身边，道歉说："午饭后被要求在上面集合，本来想给你打电话，但是又觉得还是滑过来更快。"

"没事，没问题。"

两个人乘上缆车。育美摘下护目镜，从口袋里拿出一块布擦拭。秀人没有摘下护目镜，因为不想让她发现自己在盯着她看。

昨天夜里秀人一直在想育美，回想和她的对话，她的笑脸。今天早上醒来想到的第一件事就是确认昨天发生的是不是真事。确定不是梦之后，一个人笑了起来。一想到今天还能见到育美，他就兴奋不已。

秀人决定今天一定要一起拍照。昨天虽然也想拍，但是一直没有机会。可以的话想拍两张，一张只拍育美，另一张是两人的合照。

乘坐缆车的时间里，育美一直在问秀人学校的问题，流行什么啊，什么样打扮的女孩子多啊之类的。秀人对女孩子的打扮不太了解，把最近流行的网络游戏的事情讲给了秀美。

“嗯，那和我们没什么区别，我们班迷那个游戏的人也很多。”

“那肯定啦，全世界都联着网。”

“啊，也是。确实，我真笨。”育美吐了吐舌头。这一举动让秀人心中一阵悸动。

下了缆车，又乘上升降机。升降机下有几个人在滑行，旁边的树林里也有人影。

“昨天在这里滑了吗？”育美问。

“没有。这里是禁止滑行的区域吧？”

“不是哦，是个人负责区域。”

“哎？是吗？我还以为不让滑呢。”

“我就觉得你是这么想的，所以先向你介绍这里。”

“原来如此。”

放眼望去，到处都是粉状的雪，有很多地方连一道滑痕都没有。秀人本来和育美在一起就已经很开心了，现在更加兴奋了。

下了升降机，进入了育美说的个人负责区域。实际滑了一下试试，比想象中的还要爽快，不只能体会到深雪特有的浮游感，斜面上还有角度合适的坡。虽然想要平稳地滑需要一定的技术，但是有时身体倾斜的方向和自己的预想不完全一致的感觉对秀人来说也很新鲜。

穿过树林间也很爽快。后半段简直成了天然的半管式滑板滑雪，秀人拿出浑身解数，在其间来回穿梭。虽然想要玩一点花活时摔倒在地上很丢人，但是回到通常的雪道之后成功做出了 saburoku 让秀人很满足。正好育美看到了这一幕，她鼓起了掌，秀人也报以胜利的手势。

就这样滑着，时间飞快地逝去。不知不觉已经过去两个小时了，两个人决定休息一会儿，和昨天一样奔向了布谷鸟。

他们在店门外卸下滑雪板，进入店内，想要找个空位坐下时，秀人不由得哑然，因为他发现父亲和幸正坐在店里。一瞬他想装作没看见，但是已经迟了，和幸发现了他。“噢，秀人！”和幸大声叫他的名字，使劲招手。秀人不由得咂了咂舌。

没办法，秀人也挥了挥手。

“你爸爸？”育美问。

秀人回答说是，走近和幸。父亲的身边不知为什么立着一根滑雪杆，再仔细一看，父亲没有穿滑雪靴，脚上是一双没见过的橡胶长靴。

“你在搞什么？”秀人一边摘护目镜一边问。

“没什么，休息。父亲也要休息嘛。”

“工作呢？”

“呃，发生了点小意外，别人在接替我。所以现在一边休息，一边等别人的联系。”

“意外？怎么了？”

“摔倒的时候把腿给——”和幸揉着右膝，“不过没有什么大事。”

“哎？”秀人板起脸，看着父亲的脸，“还能回去吗？去医院了吗？”

“都看过了，没问题。骨头没有问题，也不影响开车。”和幸充满自信地说。“应该。”然后又加了一句。

“那是什么？”说完秀人明白了放在旁边的滑雪杆的用处了，应该是用来代替拐杖的。

回过神来，和幸的视线已经朝向了秀人的身后，表情里充满好奇。虽然觉得很麻烦，但是在他刨根问底之前还是自己先说明比较好。

“山崎育美。当地的中学生，来这里上滑雪课。告诉我许多这里的穴场。”

“噢，这样。”

育美摘下护目镜，向和幸问好。秀人觉得她根本没必要摘下护目镜。

和幸也向育美问好。然后抬头看向秀人，意味深长地笑着说：“你小子，有两下子嘛。”

“什么嘛。”

“嗯，对你改变看法了。”

“什么啊，不要说些莫名其妙的。”

“也不是什么莫名其妙——”

“我们坐那边了。”秀人抢过话头，指着远处的座位。

“啊，知道了。不会给你捣乱的。”和幸嬉皮笑脸地上下动着眉毛。

秀人心里一肚子话想把和幸顶回去，但又觉得是浪费时间，于是默然地向座位走去。

秀人二人摘下帽子和手套，脱下滑雪服的上衣，走向柜台。今天在柜台的是一位女性，和秀人的妈妈差不多年龄，上衣上带着“高野”的名牌，应该是高野兄弟的母亲。

“哎呦，小育美。”高野的母亲说，“怎么样？听说你来上滑雪课，好玩吗？”

育美漫不经心地回答之后问秀人：“今天你喝什么？”

“可乐吧。”

“那两份可乐。”

秀人拿出钱包，育美说：“啊，今天我来请客。昨天回家说起了秀人君的事，被爸爸妈妈批评了，说是宣传里泽温泉做得挺好，但是不能让客人请客。”

“但是我是感谢你给我介绍雪场……”

“那就好。你要向你在东京的朋友宣传这里哦。”

“当然了。羡慕死他们了。昨天晚上——”

“来了。”

秀人正说在兴头上，高野的母亲将装有可乐的杯子放在了柜台上，接着问育美：“同学们都好吗？”

“嗯，大家都很好。”

“那就好。”高野母亲的脸上突然没了笑容，“流感呢？扩散了吗？”

问得好仔细呀，秀人想。难道这里流感很严重吗？可是对于这个问题，育美没有马上回答，这让秀人很在意。她的样子看上去也很奇怪，好像有点生气。

“现在还没有什么特别的。”回答时的语气也很僵硬。

高野母亲点了点头，脸上失去了笑容。

回到座位，两个人开始喝可乐。但是育美的样子明显不正常，变得沉默无语，呆呆地看着窗外。

“……怎么了？”秀人试探性地问。

“哎？”育美一副刚回过神来的样子，“不，没什么。”

“是吗？但是我看你好像突然没了精神。”

“没什么，别在意。”育美伸手去拿滑雪服，“我们走吧？”

“可以，不过可乐还没喝完呢。”秀人指着她的杯子。

“没事，肚子太饱了。”

“是吗。”秀人的杯子里也还剩有可乐，他用吸管一口气喝干。

撤下杯子，两个人正在做出发的准备时，看见和幸站起身，似乎是电话响了，他一边接电话一边走向店门，拄着滑雪杆行动的样子让人看着格外心疼。

18

“喂，我是栗林。”栗林一边拿滑雪杆当拐杖拄着一边回答。还没有习惯这个拐杖，胳膊很累。

“怎么样了？”电话那头传来东乡的粗嗓子。

“还没有太大的进展，在等待巡逻队员的联络。”

“什么联系都没有吗？没有中途报告什么吗？”

“是的，现在……还没有。”

电话里传来一声咂舌声，接着是东乡带有怒气的声音：“怎么回事？那些家伙是巡逻队员吧？对那座山里的地形比谁都熟悉吧？应该拜托熟知地形的专家，是你说的吧？因为你这么说，我才下达让无关人员持有感应器的许可。但是到现在还没有找到，不奇怪吗？”

“就算您这么说……”栗林无话可说，只能暧昧地回答。

“那些家伙真的信得过吗？”

“呃，我觉得可以信得过。”栗林说，“就像我上午的电话说的，他们帮助我们并没有计较得失，并没有要求回报什么的。我不认为他们有说谎的理由。”

“那为什么花了这么长的时间？”

“不清楚……详细的理由必须要问他们，可能是对于要找到那个小小的泰迪熊来说，这座山还是太大了吧。”

“但是有信号感应器吧？那些家伙在这座山里可以畅通无阻吧？如果开着开关地毯式搜索的话，肯定能接收到信号，不对吗？”

“我觉得您说得对……”

哪那么简单，栗林在心里抱怨。东乡似乎把硕大的滑雪场当成了公园之类的小地方。

“归根结底，你在那种地方受伤就有问题。实在太不注意了。”

“对不起。”

这件事之前的电话里不是已经很严肃地道歉了吗？！栗林差点把心里的想法说出口。

“真是干什么都做不好。最关键的地方总是马马虎虎。总是这样。所以到了主任研究员就到头了，比如最近的研究发表，如果你能再仔细点分析的话——”

东乡的抱怨逐渐变得和K-55无关，这样下去他就会越说越长，栗林一边应付着一边看向四周。

咖啡馆的门开了，秀人以及和他在一起的女孩子一起走了出来，看起来是要一起去滑雪。女孩子很可爱。中学二年级的儿子竟然有搭讪的能耐，这让栗林吃了一惊。自己在这个年纪时，连和同学搭话都会紧张。

栗林用目光追着两个人，这时秀人也发现了栗林，两人四目相对。栗林轻轻挥了挥手，可是儿子却完全没有反应。他戴着护目镜看不太清楚，但是很容易想到下面肯定是一副臭脸。栗林表示理解，被父亲看到和搭讪来的女孩子在一起，肯定心里高兴不起来。

目送两个人滑去之后，栗林听到电话里传来东乡大声叫他的声音。

“啊，喂，喂。”

“喂个屁啊，你怎么不说话？我说话你在听吗？”

“在听。刚才信号不太好，但是我在听。我已经严肃地反省了。”

“你在说什么，我没问你这些。我在问你那些家伙是不是在认真地找。”

“认真？”

“我是说他们是不是在专心找，不会是一边巡逻一边找吧？”

“不，不是这样的。我和他们说事关人命，也说了没有时间了。”

“事关人命……是说新开发的疫苗吗？”东乡惊讶地说，“这种话真有人信吗？”

“看起来不像怀疑的样子。”

“摄氏十度以上就会死的疫苗是什么？那进入人体的瞬间不就都死光了吗？这种谎话屁都不顶。”

“像您这样马上就明白说明您是专家，普通的人听听就过去了。而且正因为他们相信了我的话，才会去找，不然的话就不会了吧？”

对于栗林的话，东乡只是哼哼了几声，表明他同意了栗林的说法。

“现在你有什么打算？”东乡换了个话题。

“总之今天他们会找到雪场关门为止。如果还是没有找到的话，我和他们再商量一下，想一个新的对策。”

“对策？什么对策？”

“比如说和更了解地形的人请教。”

“这样做可以吗？事情弄大了，传到网上就无可挽回了。而且你的谎话暴露的可能性也变大了。”

“所以说我会根据情况谨慎行事，不会轻率做出举动。”

“拜托了。真是的，就是从雪山里回收一个玻璃容器，竟然费这么大的事。”

“不好意思。”

栗林一边道歉，一边压住自己心里的话：这到底是谁的错？还不是你明明察觉到了葛原的异常举动，却故意放任不管才造成的结果吗？明明就是你的错，还在东京大言不惭地打电话训斥部下，真是自以为是——一旦爆发，栗林对东乡的不满就如同怒涛般喷涌而出。

“考虑到感应器电池的电量，今明两天最关键，无论发生什么都要找到，拜托了。”

栗林回答了一声“知道了”就挂断了电话。

栗林将手机放回口袋时，头脑中有两个念头交错。一个是对为什么自己要孤身一人承受这些倒霉事的不满，另一个就是对到底能否找到 K-55 的不安。

被名叫根津的巡逻队员抓住的时候，栗林眼前一黑，不只是自己腿上受了伤正手足无措，更是自己面临要把所有事情都向警察和盘托出的窘境。

可是灵机一动编出的谎话让自己面临的局势柳暗花明。还没公开的疫苗被盗了——确实如东乡所说，这在专家看来不过是幼稚的谎话，但是对方却相信了。不仅相信，还提出要代替自己去找。

栗林决定在他们身上赌一把。反正自己已经无法动弹了，只能让别人代替自己。而且眼前的倔强的巡逻队员看起来十分可靠，栗林觉得可以充分信任他。没准这样一来可以把问题都解决——甚至涌起了一些期待。

但是还是不能太过乐观。虽然东乡听说有专家帮忙以为马上就能找到，但是在雪中东来西往受尽折磨的栗林却不这么想。这里的山很大，确实熟悉地形加上滑雪技术高超是十分有利的条件，但是在一两个小时以内就能找到那小小的泰迪熊也实在是不太现实。栗林和根津指定这家名叫布谷鸟的咖啡馆作为集合地点，就做好了等几个小时的准备。

但是——

栗林仍然心急如焚，十分不安。他没有对东乡和出发寻找信号发送器的根津说感应器可能出了问题。他担心话一旦出口就会一语成谶。而且听了这种话，且不说根津，东乡肯定会发疯的。

栗林劝自己说这些事再想也没用，但还是禁不住去考虑。而且一想起来就感觉胃里面一阵绞痛。

信号感应器到底还正常吗？不会坏了吧？还能找到泰迪熊吗……

19

根津就势停下，身边扬起一片雪烟。这里的雪真的很轻，根津再一次感叹道。无论怎样警告，都无法减少想要在雪道外滑行的人也就不难理解了。

根津看着一道滑痕都没有的斜面，外形都一样的山毛榉树像是雪面的看守者一样等间隔分布。

停在身边的濑利千晶拿出手机，确认液晶画面。

“能看到升降机的角度的话，大概是这一带吧。”

她的手机里拷贝了栗林持有的照片。两人一边对比着照片中的风景，一边寻找信号发送器。

“还要看相机的焦距吧。背景里的景色有时候意外地很远，有时其实就近在眼前，也是常有的事。”

根津拿起信号感应器，打开开关。可是和之前一样，毫无反应。据栗林所说，在捕捉到信号的情况下，根据信号的强弱，八个 LED 灯会依次亮起，但是现在毫无反应。

根津保持感应器的开关开着，慢慢滑行，不停地变换天线朝向，但是还是毫无变化。

就这样滑到了危险区域前，因为和照片中的场景完全不同，所以根津也无意下去。

没办法，根津将感应器收起来，横穿斜面回到雪道。

“真奇怪，差不多的地方都已经找了一遍了。”

“再找一次？”

“只能这样了，从头再来一遍。”

“了解。”说着千晶凑到根津身边，在他耳边说，“有一件事。”

“什么？”

“别看那边，现在在离我们五十米左右远的地方有一个穿着灰色滑雪服的人，从刚才开始他就一直好像在监视我们的行动。”

“哎？”根津不由得想要回头，但还是忍住了，“真的吗？”

“应该没错。我们从雪道外回来的时候他必定在我们身边，我不认为这是偶然。”

“什么人？”

千晶摇了摇头。

“有可能只是凑热闹。巡逻队员在到处调查雪道外，也难怪会有人在意。”

“话虽如此，但是一直跟着也太奇怪了。”

“我也这么觉得，所以才和你说。”

根津点了点头。

“总之我们先下到下面的升降机搭乘处，全速前进。跟着我，千万别超过我。”

“好的。”

根津用滑雪杆刺向雪面，开始沿斜面向下滑行，一开始就是全速。不久就听到身后传来滑行的声音，是千晶保持恰当距离跟在身后。根津对她的滑雪技术有绝对信心，不论自己在前面做出什么样意想不到的举动，她都能瞬间做出合适的对应。

雪道逐渐变窄，而且即将经过一个弯道，因此看不到前方。过了这个弯，根津确认周围没人之后，一个急转弯，穿过绳子，冲进了雪道边的树林。那里的位置比雪道低一些。根津着地后，停下脚步。

千晶随后到来。树林里面当然是深雪。她停下的瞬间，地面的雪像是爆炸一样飞了起来。

“为什么停在这种地方？”

“嘘，低下头。”根津按住千晶的头，自己也弯下身，这样从雪道上就看不到两个人的身影了。至少只看着前方滑行的人是看不到的。

接着根津眼前一个人滑过，就是之前那个身穿灰色滑雪服的人。虽然他的滑行动作有一些小地方不够标准，但是看起来是个高手。

根津他们从后面看着他，突然他放缓了脚步，逐渐停止，鬼鬼祟祟地看着周围。

“看来猜中了。”根津说，“是在跟着我们。但是突然跟丢了，觉得奇怪才停下的。可能在想我们是不是突然到了雪道外面。”

根津的推理似乎是正确的。那个人凑近雪道边的绳子，窥探向旁边的树林，还不时地看向斜面上方，可能是觉得根津二人有可能在上面出的雪道。

如果他上来了怎么办？根津想。不过那个时候突然现身，诘问他也不失为一种好选择。

但是那个人并没有上来。他重新拿好滑雪杆，慢慢滑了下去。不清楚是放弃了还是想到了别的可能性。

“走了呢。”

“嗯。不过没准是回到升降机搭乘处等着去了。”

“那我们等会儿再过去比较好吧。”

“不，没关系。既然知道了那个人在盯着我们，我们就反其道而行之。装作没有发现跟踪的样子，观察对方的举动。”

“原来如此。以其人之道还治其人之身。好玩——”

“要是玩的话就好了。”

根津开始滑行。回到雪道，一边注意着周围的情况一边向下滑。到了升降机搭乘处之后却没有发现那个身穿灰色滑雪服的人。

“不在呢。”后方跟来的千晶说，“以为跟丢了而放弃了吗？”

“或者也有可能是发觉被我们发现了。”

“怎么办？”

根津摇了摇头。

“不怎么办，做好我们该做的就好。时间不多，那个人的事之后再问栗林先生吧，没准他知道。”

“对呢。赞成。毕竟事关人命。”

“没错。”

两人滑向升降机搭乘处。

根津觉得事情真是很奇妙。自己不过是区区一个滑雪场的巡逻队员，却为了救一个素未谋面的人而在到处寻找一个小小的泰迪熊。他却并不觉得自己被卷进了麻烦中。那个叫栗林的人并非面目可憎之徒，反而有一种想要让人帮他的感觉。

根津和队长牧田报告了情况之后，牧田马上表示允诺，且接着说："寻找在雪道外的失物是巡逻队的工作，没有任何问题。找到为止，你可以不用做别的工作。"

濑利千晶的同行也得到了许可。本来在雪道外活动时就需要两人一组，这样万一某一个人出现任何意外时，也可以施行救援。只是她也需要一些相应的装备，所以她现在也背着一个装有铁锹和探测仪的背包。

之后根津和千晶又分别找了很多地方，其中甚至包括一些怎么看也不像照片里的地方。但是信号感应器的灯始终没有亮。

不知不觉间已经来到了山麓地带。一棵山毛榉树都没有。两个人决定乘坐升降机再上去一次。

"好奇怪，是不是有什么地方漏掉了？"根津在升降机中摊开雪场的地图。其实他不用看地图也对附近的地形烂熟于心。

"根津先生对电子器械很熟悉吗？"

"什么意思？"

"不，那个……"千晶犹豫着开了口，"那个的使用方法没有错吗？

"这个是指信号感应器吗？"

千晶点了点头。

根津深深叹了口气，从背包里拿出信号感应器。

“哪里错了？只是打开开关。栗林先生是这么说的吧。”

千晶伸出手，根津将感应器递给她。她双手接过后，表示同意根津的话。

千晶随便打开了感应器的开关，就在这时发生了意想不到的情况：八个 LED 灯中的三个竟然亮了！

根津漫不经心地看着千晶的动作，反应慢了一拍。等他反应过来时，不由得和千晶对视了一眼，又一同将目光投向信号感应器。

“亮了——”千晶叫出声的同时，一个灯灭了。

哎？她吃惊的时候第二个也灭了，接着最后一个也灭了。

“哇，什么情况？”千晶上下摇晃信号感应器。

“笨蛋，不要摇，试试天线的方向。”

千晶将天线东南西北地试了一圈，但是 LED 灯始终没有再亮。

根津看向缆车的后方。感应器刚才有反应说明泰迪熊在刚才经过的地方——

“不可能吧……”根津不由得嘟哝道。

后方是一个名叫日向雪场的经过精心轧雪的面向初中级选手的斜面，一棵山毛榉树都没有。

20

秀人没有减速，奔向跳台。对于接下来的动作，他已经心中有数。雪板突然上升，秀人算好时间做 Ollie，利用雪板的弹力穿过跳台前端，身体飞向空中，尽力收回伸出的双脚，刚刚可以碰到雪板的边缘。秀人保持住平衡，准备着地——如果在这里摔倒的话就前功尽弃了。

上身有点弯曲，不过总算是平安落地，秀人松了口气。刚才的跳台在他目前挑战过的之中也算比较大的一个。再难一些的他现在还是没有勇气尝试。

秀人走向在旁观摩的育美，她向他鼓了鼓掌。

“很成功呢。”

“还好。其实还想再冲高点。”

育美点了点头，看向跳台，突然“啊”了一声。

“怎么了？”秀人也追随她的视线看去。

一个身穿茶色滑雪服的人正要开始滑行，看起来很眼熟。

“那是昨天的……”

“嗯，我的同学川端君。”

川端开始滑行，秀人以为他会压低身子从跳台前端飞出，结果川端在空中做了个翻转。高度十分高，而且非常平稳地落地。

“厉害……”秀人已经没有其他的赞美语言了，确实领教了当地人的高超技术。

川端注意到育美，走了过来。虽然隔着护目镜看不清表情，但是丝毫没有成功做出后空翻的得意感。

“噢——山崎，又在约会啊。”川端开玩笑说。

“笨蛋，我在给朋友带路。老师不是也说了吗，如果有机会就要多向游客介绍，让人知道里泽温泉的好处。”

“那你倒是找来些可爱的女孩子啊，我来带路。”

“瞎说，你根本就没那意思。”

“哈？啥意思？”

“川端君有小桃华了，大家都知道。”

“什么嘛，好烦啊。”川端歪了歪嘴，看来他喜欢的女孩子名字叫桃华，“那就这样了，你要好好带路哦。”说着背过了身。

“高野君呢？他没和你一起吗？”

“今天我们分头行动。那家伙总有点心不在焉。”

“是吗？”

“嗯，心情不是很好。”

“川端君今天去了布谷鸟吗？”

“布谷鸟？没去呀。”说着川端用手套蹭了蹭鼻子下面，不怀好意地笑起来，“什么嘛，山崎你怎么总这么在意高野的事呀，难道说，通过这次滑雪课你迷上他了？”

“别瞎说，怎么可能。我只是作为朋友替他担心。”

“噢，这样啊。反正和我没关系，我走啦。”说着川端轻快地滑走了。

育美一直用目光追随着川端的背影，在秀人看来，倒不像是有什么特别的理由，好像只是在想着别的事情。

今天育美的表现很奇怪。和昨天比起来很没精神，在升降机上也是默不作声。

改变出现在从布谷鸟出来之后。很明显，从那之后育美的表情就阴沉下来。再确切一点说的话，就是从高野母亲和她的对话之后，育美就变了。

秀人很想问问是为什么，到底发生了什么。可是他们既不同校，而且又是昨天才刚刚认识的，自己开口的话，总觉得有点多管闲事。

秀人对着育美的侧脸说：“不滑吗？”

“啊，”育美一副刚刚回过神来的样子，“抱歉，发了会儿呆。”

“就这样滑到最下面吧？”

“嗯，好的，走吧。”育美开始滑行，秀人跟在后面。

第一次在个人负责区域滑过之后，他们一直在轧雪的雪面滑。这样的感觉也很棒，高速持续地滑行时，感觉自己像是变成了一股风。这里的雪质很棒，滑板操控起来也较轻松，让人觉得好像自己的技术提高了。

秀人滑得正在兴头上，前面的育美却突然停下了。秀人也降下速度，停在育美身边。

“怎么了？”

“嗯，能等我一下吗？”她看着远方说。

秀人顺着她看的方向看去，一个身穿绿色滑雪服的人正站在雪道边上。是高野。

“我有话和他说，如果你不愿意等我，先走也行。”

秀人摇了摇头：“没事，我等你。”

“马上就完事。”说着，育美大力地将滑雪杆向后刺去。

高野似乎在眺望远处的群山，听到身后有声音，他回头看向育美。接着两人交谈起来。

秀人有点躁动，为什么育美会那么在意高野呢？刚才川端的话在耳边响起——“难道说，通过这次滑雪课你迷上他了？”

终于高野滑走了，滑雪的技术丝毫不输给川端。

但是育美却没有动身的意思，秀人凑了上去。

刚想搭话，却见育美摘下护目镜，从口袋里拿出手帕擦了擦眼角，接着又擤了一下鼻子。

秀人低下头，看到了不该看的东西一般的罪恶感在胸中回荡。

育美小声道歉：“不好意思。可以了，我们走吧。”

“没事吧？”秀人抬起头问。这时育美已经戴上了护目镜，点了点头。但是还是有点心不在焉。

秀人怀抱着无法释然的情绪开始滑行。两人来到第二缆车搭乘处前，停下，摘下滑雪板。

这时，今天早上在旅馆见到的一家三口也在搭乘处前——白色、黄色和粉色的滑雪服很是亮眼。

秀人一边打招呼一边摘下护目镜。对方似乎没有马上认出秀人，愣了一下后，身穿黄色滑雪服的妈妈绽开了微笑，向秀人问好。

“上午我们在山顶遇到了你父亲。”身穿白色滑雪服的父亲也想了起来，“你们不一起吗？”

“从昨天开始就分头行动。而且他腿受伤了，现在在咖啡馆。”

“哎？没问题吗？”

“没问题。不是太严重的伤，本来也不是来滑雪的。”

“噢，伤不重就好。”

“你们一直在这里滑吗？”

“下午一直在这里。日向雪场很好滑，很适合我女儿练习。”

“爸爸，美晴还想到别的地方滑。”身穿粉红色滑雪服的小女孩说。

“是啊，那就坐缆车上去，到山顶去吧。”

小女孩听了之后非常高兴，发出一声活泼的“耶”。

“那就旅馆再见。”身穿白色滑雪服的男人说着，抱起滑雪板走向缆车搭乘处，母女俩也跟了上去。

“我和他们住一家旅馆。”秀人对育美说。

育美点了点头，似乎没什么兴趣。

“接下来去哪滑？我们也去山顶吗？”

可是育美却无精打采地摇了摇头：“我差不多就要走了……”

“哎？不是还有时间吗？”

“嗯，但是有点累了。今天就这样吧，还有明天呢。”

也就是说滑雪课要上到明天。听到这句话，秀人心里小小地激动了一下——

“那明天我们在哪见面？和今天一个地方行吗？”

但是育美的态度却不是很热情，她缓缓地摇了摇头说：“明天……还不知道。好像有测验。”

“啊，这样……”

“不好意思，等确定了之后我给你发短信。”

“嗯，拜托。”

“那就再见。”说着育美就滑走了。目送着她离去的身姿，秀人莫名地有了一种被抛弃的感觉。

21

根津和千晶到达布谷鸟门前是下午四点多一点，升降机和缆车已经停止服务。

走入店内，摘下护目镜看去，栗林正一个人突兀地坐着。发觉到根津他们走近，栗林抬起头，眼光里充满喜悦。

“让您久等了。”根津说。

“怎么样？”栗林将充满期待的目光投向根津和千晶。

根津一边摘下背包，一边摇了摇头：“很遗憾，没有找到。”

“啊，这样啊……”栗林的脸色眼看着暗淡了，像是气球人偶漏了气一样萎缩下去。

根津坐下，在桌子上摊开雪场的地图：“我们以为通过照片能确定大致的位置，但是试了很多次都没能发现信号。其他的地方也彻底调查了，包括没有山毛榉树的地方。在树林中信号感应器一直没有反应。”

“这样啊。连你们这样专业的人都找不到，我该怎么办啊……”栗林双手抱头说。

“只是——”根津说，“树林外的话就另当别论了。”

“哎？”栗林抬起头，“什么意思？”

根津从背包中拿出信号感应器：“灯亮过一次，只有一次，不过亮了三个灯。”

“三个？”栗林挺直了身子，眼镜后面的双眼瞪圆，“在哪里？”

“在缆车里。”

“缆车？”栗林一脸不解。

根津用手指向雪场的地图。

“在第二缆车搭乘处的上面有个日向雪场，就是在经过那里时亮的。”

“不会吧……”

“真的。”千晶插话说，“我打开感应器开关时发光的。我们两个人都看到了，肯定没错。”

根津重新指着地图说：“看地图就能明白，这附近没有树林，只是再向前一点就有了。为了保险起见，这附近我们也查了一遍，可是无论怎么看和照片的地方都既像又不像，而且也没有收到信号。我们也确认了日向雪场的上面，结果还是一样。”

栗林呆若木鸡，不知道是不是在认真听根津讲，但是双眼充血泛红，直到根津叫他，他才回过神来，身体轻微颤抖了一下。

“您觉得是怎么回事？会出现附近没有信号感应器也有反应的情况吗？比如混线之类的。”

“混线？”

“别处的相似的电波偶然被接收的情况，可能吗？比如业余爱好者的无线信号或者对讲机的信号。”

栗林一脸惊讶：“有这种事吗？”

根津皱了皱眉：“是我们在问您啊。”

“哎？啊……”栗林张大了嘴，“可能诶。对，很有可能。之前有过很多次这种情况，所以不需要太在意。”

“果然如此。那样的话很容易混淆。不管怎么说，今天已经无法再找了，明天再找吧？”

“明天……明天不找到不行啊，所以还是要拜托了。”栗林低下头说。

“当然了，我们明天还会继续找，但是没有其他线索了吗？可以用来明确地点的。”

栗林表情痛苦地挠了挠头：“这个……真没有了。”

“不如让大家一起找？”千晶说，“有泰迪熊这个标记，上百人找的话，就算没有信号感应器也能找到吧？在广播里召集人帮忙，一定马上就能找到。”

“怎么样……”

根津觉得是个不错的主意，但是栗林马上变了模样：“不不不，不可以。不行不行不行。一开始我就说了吧，不想把事情搞大。疫苗的事情不严格保密的话不行。”

“不说疫苗的事不就好了吗？”千晶说，“设置成以找到泰迪熊为目的的游戏，找到的人可以得到很棒的礼物，有人找到之后再问他在哪找到的。我觉得是个好主意呢。啊，礼物的话要麻烦栗林先生您自掏腰包了。”

“自掏腰包？这个嘛，也可以……”栗林陷入思考，用指尖挠着眉尖，“对啊，不说疫苗的事就好了。先要找到泰迪熊，然后再问出在哪找到的。原来如此，没准能行。”

“对吧——”

“不，还是不行。”根津说。

“为什么？栗林先生都说行了。”

“你想想，为什么是我们在找？因为不能让普通人去雪道外。如果很多人都到雪道外去找泰迪熊的话，不知何时会发生雪崩，还有可能有人受伤。而且雪场也不会许可。”

“嘁——好不容易想出了个好主意。”千晶不高兴地用手支着下巴。

“比我们了解这座山的人有很多，我觉得通过给他们看照片来确定正确的位置比较好。当然我们不会和盘托出，以问到的情报为基础，明天一早出动。这样您看如何？”

听了根津的提案，栗林思考了一会儿后，深呼了一口气：“明白了。我现在也只能全部拜托您了……千万拜托了。”

“但是如果这样还是没找到呢？这不仅是我的意见，也是队长的意思。根据情况，考虑一下请求警察帮助怎么样？毕竟如果找不到疫苗的话，那位患者就无法得救了吧？首要的是，就算找警察也要找到疫苗，然后再去考虑如何解决法律问题。”

“也是队长的意思”，根津并没有说谎，或者不如说提出这一点的正是牧田。

栗林皱成八字眉，抿着嘴陷入沉默，脸上写满苦闷。

“我……我考虑考虑。”沉默之后他说，“我还要和领导商量。”

“明白了。有了结论请立刻告诉我。还有一件事，我想问一下您。”根津竖起食指，“我们在搜索的过程中遇到了一个可疑的人。可疑可能有点夸张，不过那人确实举动奇怪，他一直在暗处盯着我们。您有什么想法吗？”

栗林惊讶地眨了眨眼，扶了扶眼镜：“什么样的人？”

“灰色的滑雪服，接近黑色的裤子。”千晶回答，“帽子是奇怪颜色的格子。”

根津在旁听到千晶的描述，内心佩服。上衣的颜色他还勉强记得，但是帽子的样式他完全没有印象，瞬间观察对方的衣着并且记住的能力真不是男人具备的。

栗林拇指顶住下巴说：“可能是那个人吧。”

“您认识的人吗？”

“不，也谈不上认识。我昨天不是埋在雪里被人救了吗？就是那时发现我并且联系巡逻队的人。那之后又见过他几次，我不小心和他讲了泰迪熊的事，他很感兴趣，就一直缠着我，有些麻烦。”

“疫苗的事也说了吗？”

栗林连忙摇手：“怎么会，没有讲那些。总之，和那个人没关系。但是那个人好奇心很强，还是小心点比较好。看到你们在雪道外活动肯定又刺激了他，如果他知道和我有关系的话，肯定又会跳出来，请小心。”

“明白了，我们小心。”根津说道，但是还是不能完全释然。根津脑海里浮现出和千晶两个人躲在雪道外时那个人猛然滑行的身姿，总觉得那不是单单的好奇心强的人会有的滑行姿态。

22

在里泽温泉村的看起来不怎么起眼的杂货店买的望远镜没想到还挺好用。尺寸不大但是放大率却挺高，数十米外的咖啡馆入口看起来近在眼前。

折口站在新手雪场的边缘，举着望远镜。巡逻队员和身穿大红色滑雪服的女人进去已经二十多分钟了。折口很不耐烦，想知道他们在里面干什么。

事情真是越来越不可思议，他想。上午他很早就开始同栗林接触。但是栗林的样子和昨天明显不同，看起来他不想要折口帮忙。

很明显栗林很郁闷，于是折口就装作被他赶走的样子暂时离开了栗林。他觉得再次找到滑雪技术很烂的栗林易如反掌。

果不其然，折口之后马上就找到了栗林。但是情况和他的预想完全不同，栗林是被巡逻队员扶着从雪道外回来的。

折口保持距离跟着他们，进入救护室之后约半小时，栗林瘸着一只腿出来了。巡逻队员随后出现。

交流一阵后，栗林在女人的帮助下站起来，开始移动。但是更值得注意的是，拿着栗林行李的巡逻队员开始了单独行动。栗林的行李里面应该是信号感应器。

考虑再三，折口决定跟着巡逻队员。果然他进了巡逻队驻地。

折口没有办法，只能继续盯梢驻地。这时身穿大红色滑雪服的女人也来了。不久她和刚才的那个巡逻队员一起出来，都带着装备，女人肩上还挎着袖标。

到了这里，折口终于明白了，看来巡逻队员们是要代替栗林。虽然不知道栗林是如何说明的，不过折口的猜想应该没错。

这样一来折口该做的事就只剩一件——盯着他们的行动。然后当他们发现信号发送器时，第一时间挖出宝藏。

话虽如此，但是事情不会那么顺利。折口后来被他们漂亮地甩掉了。那恐怕不是偶然，应该是他们注意到了他的存在。

折口不知该如何是好，给真奈美打了电话。说明事由后，真奈美冷冷地说："露了马脚。"

"怎么露了马脚啊，因为我被发现了？这和在大街上跟踪可不是一回事。"

"不用你废话。你肯定是穿一样的衣服跟踪的吧，那样被怀疑也是很正常的。事先准备好不同的衣服，根据情况换穿，租也是能租到的吧？"

折口无言以对。这么一说确实如此，不过他完全没有想到。

"那我该怎么办？"

"那还用说，当然是盯住栗林。发现了要找的东西之后，巡逻队的人肯定要到栗林那里。胜负从现在才开始。"

“是说从栗林那里抢吗？不会那么顺利吧。”

“不顺利的话你就去上吊吧。”真奈美的口气并非玩笑，冷淡且干脆。实在无法想象这是她对自己的亲弟弟说的话。

“不要这么说嘛。”

“你不想这样的话就开动脑筋。没关系，不抢也可以，东西交到栗林手上之后也可以慢慢想办法拿过来。”

“那时候就需要一些暴力的手段啦。”

“所以说你想得太简单。再动动脑。不行的话就不要多管闲事，只收集情报就好了，接下来我来负责。就这样，我等你接下来的报告。”

电话就这样被挂断，距现在已经有三个小时。

折口再一次感受到真奈美对他从来没有说过好话，不仅如此，从真奈美身上甚至感受不到一个人应有的人情味。她从小就特别冷淡，好像从来没有对某一种事物着迷过。

在他这个做弟弟的看来，有一件事让他觉得很不可思议。中学时代，真奈美调整过自己考试的分数。考试那天，回到家的真奈美在折口面前摊开试题，自己给自己打分，不看任何教科书和参考书。据她说，其实她知道所有正确答案，但是却故意错了一些题。

“得满分也只能惹人注意，没有任何好处。不是被嫉妒，就是被安上班级委员之类的麻烦差事，差不多就最好了。”

真奈美喜欢的是真人不露相，在现在的工作单位她也坚守这个信念。她常说，就算努力拼命工作也不一定得到正确的评价，只不过被人像仆人一样利用，没有了利用价值就会被扔掉。

“像我们这样的人，要想出人头地，就只能等待一次机会，机会来临前只能苦等。让周围的人觉得我们是迟钝愚蠢没有必要戒备的人，屏气凝神地等。等下去机会肯定会来。重要的是，机会来时不犹豫，不被情所困，为了目的不择手段。”

这样的话折口听真奈美说过好多次，让折口很是感叹人和人的不同。要是自己有姐姐一样的才华的话肯定会用在商界，不会隐藏自己，向世人展露自己的能耐。

但是这样的姐姐这一次却出动了。虽然没有告诉自己详情，但是这应该就是她所说的机会吧。

这一次绝不能弄砸了——折口想。

这之后，按照真奈美的指示，折口拼命地寻找栗林。既然他已经不能再滑行，在哪个餐厅或者饭店的可能性很大。应该不会回旅馆，因为在雪场外的话，巡逻队员联系他需要花费时间。

终于刚才折口在布谷鸟发现了栗林，之后折口就像盯梢的警察一样一直等待，身体都快被冻僵了。看到身穿红色滑雪服的女人和巡逻队员出现时，折口打心眼儿里松了一口气。

不一会儿他们出来了，栗林也在一起，拄着滑雪杆，吃力地走着。

折口用望远镜瞄准，虽然无法获取他们谈话的内容，但是可以看到栗林的表情——完全没有任何喜悦之色。

折口确信他们还没有找到信号发送器。

23

栗林一筹莫展地走向旅馆。根津他们担心地表示要送他回来，但是他拒绝了。因为他一方面不能再麻烦根津他们，另一方面就算早点回到旅馆也没有事情可做，还不如拄着滑雪杆慢慢走回去，还能趁机想一想接下来要做的事。

但是搜寻信号发送器的事只能交给根津他们了，无论如何自己已经无法再找了。问题是他们是否能找得到。

根津说在经过新手雪场上方时信号感应器有了反应。应该怎么看待呢？根津说的，接收到了其他的信号是确实有可能的。老实说，栗林也希望事实如此。

但是如果万一信号感应器出了问题而无法接收信号的话，事情就麻烦了，这样一来 K-55 的搜寻工作就变成了不可能的事。

栗林拄着滑雪杆走回旅馆，看到老板娘正在门口和一个三十多岁的女人说话。

“就是说啊，虽然有点儿早，但我想今年黄金周也搞那个呢。”那个女人说。

“挺好的啊，去年也受到了好评，还是会请专家来吧？”

“是有这个打算。去年山毛榉树的讲座也很受欢迎。”

听到山毛榉树，栗林不由得停下脚步看向那个女人。

“啊，欢迎回来。”老板娘注意到栗林，笑着说，“您的腿怎么样了？”

“啊，还好。”栗林只能苦笑。

在医院接受轻度的韧带损伤的诊断之后，栗林回到旅馆和老板娘说明了受伤的事情，并借了一双橡胶长靴。

“好不容易来滑雪，真是遗憾。不过伤不重真是太好了。”

“确实如此。不过——”栗林转向另外一个女人，“刚才听你们说到山毛榉树讲座什么的，到底是什么事？”

“那个……”女人有点迷惑地看着老板娘，被不认识的人突然问到这些，难免有些不解。

“在这个雪场，每一季结束的时候，会有收集垃圾的活动。”老板娘开始说明，“游客只需将雪场里散落的烟头、空瓶子之类的垃圾收集起来，就可以半价乘坐升降机。游客们都很积极地参与呢。”

“山毛榉树的讲座是指——”

“那是在活动期间的特别活动。请大学的老师来给大家讲解山毛榉树和寄生在山毛榉树上的生物。因为可以在禁止滑行的树林中自由地活动，所以很有人气，很多人来参加。方便的话，也欢迎栗林先生来参加。参加那个活动的话，也不一定需要滑行，也很安全。”

“黄金周期间吗？”

“对。”

“我再作为参考地问一句，那个时候山毛榉树林里还有多少残雪？”

老板娘摇了摇头。

“每一年情况不一样，不过基本上不剩多少了。怎么了？”

“啊，不，我就是随便问问。”栗林堆出笑脸，吃力地拄着滑雪杆穿过玄关的入口。

进入旅馆后栗林用手扶着墙慢慢走，右腿不能动的情况下，左腿的肌肉疼痛更加严重，上楼梯之前，他不得不在旁边的椅子上先坐一会儿。

心跳加速，但是不全是因为走路吃力。

在雪几乎全化了的山毛榉林里自由活动——

脑海中浮现出这个光景之后，栗林震撼不已。那个时候K-55的容器应该已经破损，暴露在外了，并且还一定会随着空气扩散。之前栗林担心病菌会随风吹到村落，但是何止如此，事实上竟然有人还要进入埋藏病菌的中心地带！

栗林使出全身力量站了起来，忍耐着右腿不能动的不便和全身的肌肉疼痛，好不容易走到了自己的房间。

开门后屋里一片漆黑，栗林摸索着打开了灯，看到秀人躺在床上。

坐到沙发上时，电话响了，屏幕显示呼出号码是研究所，是东乡。栗林有一瞬不知是否该到房间外接电话，结果还是就这样接了。秀人看起来已经睡着了，而且自己也实在不想动弹了。

东乡还是一上来就问怎么样了。应该是之前栗林和他说有进展就和他联系，实在等不下去了。

栗林将现在的进展——也就是毫无进展的情况报告给了东乡。

“明天的方针呢？有什么对策吗？”

“所以说就像白天说的，和更熟悉地形的人商量，争取找到照片中的地点。现在应该已经和很多人接触了。”

“总觉得不安啊。是不是把事情搞得太大了？”

“不，可是所长，人命关天，事情可不小。”栗林咽了口口水，又开口说，“他们只是以为是在救人，心里十分焦急……”

“喂，你不会想把真相告诉他们吧？”

栗林呼了口气，回答说：“老实说，是的。”

“喂！”

“我知道，我不会说。说了只会造成恐慌，而且还要封锁雪场，这对他们来说是生死存亡的问题。”

栗林听到东乡在电话那头长出了一口气：“你知道就好。”

“说起来我昨天拜托您的事情怎么样了？拜托您找一下是否有人来帮忙。”

“啊？没找啊。”

“哎？可是昨天您说……”

“确实我答应你了，但是今天你受伤巡逻队的人代替你找 K-55 之后，我就没找。因为已经没必要了嘛。”

“不，这个怎么说呢……我的伤势比想象中的严重，连移动都很困难，甚至不知道还能不能开车。K-55 在发现之后一定要快速送往研究所，这种东西可不能拜托快递，请您一定找个能迅速应对的人支援。”

“这么严重吗？”

“疼得快哭了。”

“我也想哭。明白了。我找一个不关心细节，看起来听话的人。”

“拜托您了。”

挂断电话，栗林将手机扔了出去，又没能说出信号感应器有可能出了故障这事。不过就算说了，东乡肯定不会帮忙想对策，而是歇斯底里地质问自己要怎么办吧。

无意间望向床的方向，发现秀人已经睁开了眼望天。

“抱歉，把你吵醒了。”

秀人有气无力地摇摇头说：“没事，一开始就没睡着。”

“是吗？我还以为你睡着了。”

“只是闭着眼睛而已。”

“这样啊……”

“什么恐慌？”

“哎？”

秀人转向栗林。

“刚才你在电话里说了嘛。什么恐慌、封闭雪场之类的。”

“你听到了吗？”

“不想听也听到了，屋子这么小。”

“这样啊。”栗林看向丢在一旁的手机。

“到底怎么回事？这个雪场有什么吗？您是来这里寻找雪中的

特殊细菌的吧？不是吗？”

“没错。来收集特殊细菌。你说的没错。”栗林摘下眼镜，从身边的纸盒中抽出一张纸巾，开始擦眼镜，“电话里说的是别的雪场的事，和这里没有关系。”重新戴上眼镜后，栗林看着儿子的脸说，“你不用担心。”

“是吗？”秀人的脸上还是一副惊讶的表情。

“骗你干吗。啊，你小子，你是想掌握关于这个雪场的有趣情报，然后向白天的那个女孩子吹牛吧。幼稚幼稚，太幼稚了。不好意思，没有这么便宜你的事。”栗林特意抑扬顿挫地说得很夸张。

可是秀人既没有为了掩饰害羞而发怒，也没有反击栗林，只是面无表情地转向了墙壁，那背影充满了失意的感觉。

看来我儿子也遇到了麻烦，栗林想。

24

居酒屋的老板娘仔细看了千晶的手机画面之后，拿过摊在桌上的地图。那不是雪场的地图，而是坐拥里泽温泉滑雪场的整个秃鹰山的地图。

“嗯……我觉得是这一带。”她指向山的一个区域。

“果然……”根津抱着胳膊说。

“这个回答不行吗？”

“不，没有那回事。多谢您百忙之中帮助我们。”

“帮上忙了吗？”

“嗯，很有用的信息。”

老板娘露出高兴的表情，起身回到了柜台。虽然从她有些发福的身材上无法看出，但是作为本地人的她年轻时可是一位高山滑雪选手，据说可以闭着眼在里泽温泉滑雪场任何一个区域纵横驰骋。

根津和千晶对视了一眼，歪了歪头，表示很奇怪。

“不论问谁，结果都是一样。”千晶将手机放进牛仔裤的裤兜里。

根津点了点头，折起地图。

千晶说的没错。以巡逻队的队长牧田为首，包括隧道管理人等，对雪场的地形熟悉的人都是差不多的意见。也就是说，照片中的地点就是根津他们所估计的地方。

根津将地图收回包里，拿起啤酒杯。

“栗林先生说可以接收信号的最长距离是三百米，但是实际上可能更短。”

“更短？一百米之类的？”

“不，更短。地形复杂，树木和障碍物很多，没准不是相当接近的话感应器都不会有反应。大概要十米或者二十米吧。”

“那按照今天的节奏就不行了。要滑得更慢，一棵树一棵树地确认。”

“应该是。”根津喝了口啤酒，抓起毛豆，“明天早上缆车启动就开始搜索，一定要找到泰迪熊。”

“了解。那我们就在缆车搭乘处集合？”

根津将毛豆的皮扔掉，摇了摇头：“你不用来了。”

千晶的脸色一变：“为什么？”

“你还要练习吧？很感谢你今天一天陪我，不过不能再浪费你的时间了。”

“你不用考虑我的事情，我自己愿意才做的。你忘了？是我拜托你让我帮忙的。”

“我没忘，不过将不是巡逻队员的你卷进来本身就是违反规则。”

“但是队长许可了。”

“那是特例。但是我还是不能浪费你宝贵的时间。你把是否引退都赌在下次比赛上了吧？那你就要好好准备。”

千晶闭上眼摇了摇头，重新看向根津。

“你没听我说话吗？是我自己要做，想要帮忙。比起练习，我现在更想和根津先生一起找泰迪熊。我做我自己愿意做的事也不行？”

根津喝光啤酒，将空杯子放回桌上。

“难道说你是在逃避？”

“嗯，大概是。”千晶直面根津，干脆地回答说。这种时候却不闪开目光，果然是很强硬的女人。

根津叹了口气。

“还是找不到状态吗？你说自己反应变迟钝，感觉不到速度吧，要是逃避的话，还不如就趁机放弃了怎么样？引退吧，那样我就让你帮忙。”

“明白了。那我就引退了。”千晶毫不迟疑地笑着说。

根津歪了歪嘴，叫来店员，追加了一杯啤酒之后看向千晶：“你闹什么别扭啊。”

“也不是闹别扭。既然根津先生你说让我引退，我就听话地引退而已。”

根津板起脸，挠了挠头。

“你也知道我不是认真的吧。你要把下次比赛当作最后一次也没有问题，但是我希望你不要留下遗憾。你也替把你卷进这种事的我想想啊。”

千晶用手指转动了酒杯里的冰块后，喝了一口烧酒。接着用猫一般的眼神看向根津，缓缓地启动嘴唇说：“根津先生还是很温柔呢。”

根津完全没料到千晶的举动，不由得向后退去：“也不是很温柔啊。”

“嗯，温柔。所以会替我着想。但是也让我说几句。就算是这样的我也对自己的生活有疑问。”

根津一瞬很惊讶，接着慢慢呼了口气说：“主题越变越大了。”

“你要是说笑的话就到此为止了。”

“抱歉，你继续。”

千晶在桌上双手交叉：“东日本大地震之后，全国的雪场都纷纷关闭了。你还记得吧？”

“当然记得。那时我工作的雪场也是。”

“虽然有省电和燃料不足的原因，但是其实是因为游客大幅减少。大家纷纷自肃（在天灾人祸发生后，日本人民为表哀悼放弃娱乐活动，用自我约束来为灾民打气），表示不是享受滑雪的时候。我本来打算参加的比赛也中止了。”

“那时候这种事很多。”

“我作为志愿者，有很多向受灾地运送货物的机会，到了受灾地一看，我很受刺激，悲惨的现实让人头晕目眩，自肃也是可以理解的。但是同时也可以这么想，原来我从事的事业到了这时候就要自肃啊。练习很苦，自己也认为自己很努力，结果到了展示成果的时候却需要自肃。”

“当时大家都有点过分自肃了。”

“那要是再发生类似的情况，就不会有自肃了吗？”

根津歪了歪头说：“那……可不好说。”

“我也这么觉得。体育毕竟不过是娱乐，职业棒球赛甚至都延迟开幕了，更不用说单板滑雪这种非主流的项目。既不能帮助吃不上饭和失去家的人，也无法救助生病或者受伤的人，只不过是在浪费能量，只能暂时中断。一定是这样的。”

服务员将啤酒搬上桌，但是根津却没有马上动手去喝，只是看着杯中的泡沫。

“可能会是这样，有什么不满吗？”

“不是不满，我能理解这个结果，所以在比赛中我无论输赢都不会给谁带来什么结果。在我心中的另一个自己也经常在滑的时候在耳边小声说：什么嘛，千晶，你这么努力图什么？你的所作所为一点意义也没有。”

“体育不是用有没有意义来衡量的吧。”

“这我知道。根津先生，道理我全懂。不如说正是因为懂得太多，所以才无法埋头不顾其他地滑。我该怎么办呢？”千晶虽然嘴上挂着笑容，但是眼神是真挚的。可以看出埋藏在她心中的阴影有多深重。

根津握起啤酒的杯子。

“也就是说，你暂时不想考虑竞技体育？”

“差不多吧。其实说实话，我已经想回东京了。想着在回去之前再滑一次最喜欢的 Tree Run，于是才发现了栗林先生。”

“原来如此。”

仔细想一想，过几天就要参加比赛的千晶在雪道外滑本身就很奇怪。

“很多事情都还没有结论，所以我给自己找了个寻找泰迪熊这个能够拖延时间的借口。”千晶喝了一口加冰的烧酒，“不行吗？”

根津嘴里含着啤酒摇了摇头。

“明天早上八点到巡逻队驻地来。”

千晶歪着头微微一笑，说了声谢谢。

25

栗林走在雪道上。两侧并排立着散发着传统气息的民家，每一家的窗户中都透出灯光，里面的人影像是皮影戏一般。

走了一会儿，他来到了一个人们集中的地方。人们围着放在路旁的桌子，欢快地谈笑着。桌子上摆满了馒头和咸菜。

一个中学生模样的女孩子笑着走了过来，递给他一个雪白的馒头。

栗林说了一声谢谢，正要接过馒头，突然馒头从女孩的手上掉了下去，化作白色粉末，随风飘舞。

栗林吃了一惊，看向女孩，女孩脸上长出一片黑斑，一副悲伤的表情沉默不语。

右腿剧烈地疼痛，栗林向下看去，自己的腿已经腐烂，黑色的斑点正从右腿向全身蔓延。

栗林发出一声悲鸣，下一个瞬间，一个不熟悉的纹样进入视线，但是他没有戴眼镜，看得不是很清楚。

栗林摸索着戴上放在枕头边的眼镜，看清楚了壁纸的纹样。

栗林坐起身，出了一身冷汗。

“怎么了？”卫生间的门开着，秀人从里面探出头问。他手里拿着毛巾，应该是在洗脸。

“啊，没，没什么。”

秀人哼了一声，又回去继续洗脸。

栗林调整了一下呼吸，回想梦里的内容。又是一个噩梦。白粉是从 K-55 来的，黑斑一定就是炭疽菌了。然后那个女孩是——

秀人叼着牙刷从卫生间走出，看到他的样子，栗林回想起了梦里那女孩的模样。正是昨天和秀人在一起的那个女孩子。虽然只见过一面，但是栗林却印象很深。

可能是自己喜欢的类型吧，栗林想。但是他马上否定了自己，毕竟对方还是一个中学生。

可是那个女孩和自己中学时代喜欢的人有几分相似却也是不争的事实。也就是说，秀人继承了自己对女性的喜好吗？

“什么啊？”秀人不乐意地问，“你这么盯着我看干吗？”

“啊，不。”栗林挥了挥手，“不是在看你，只是有点发呆，说起来你小子今天也要和那个女孩见面吗？那个可爱的女孩子。”说完栗林认识到可爱这一句多余了。

秀人皱起眉说：“那种事和您没有关系吧？”

“没关系是没关系，问问不行啊？”

“为什么问啊，和你又没关系。”秀人走进卫生间，咣当一声关上了门。

栗林将儿子的行为解释为害羞，毕竟他还处于青春期。

想要下床时栗林不由得扭起了脸，右腿越来越疼了。这可不妙，开车应该是没戏了。果然还是一定要从东京派个人来支援，虽然完全没有今天能找到 K-55 的保证。

到了早餐的时间，栗林扶着墙走向餐厅。秀人一张臭脸地问他要不要紧，栗林只能嗯嗯地点头。

到了餐厅，昨天的一家三口仍坐在同样的座位。男人微笑着向他们打招呼，栗林也给予回应。

“听说您受伤了，不要紧吧？”男人看向栗林的下半身。

“哈哈哈，搞砸了搞砸了。但是不太严重。”栗林向小女孩笑了笑之后费劲地坐在了椅子上。

“我们听您儿子说，您似乎不是来滑雪的呢。是和工作有关的吗？

“呃，啊，嗯，差不多吧。”

栗林担心他们继续追问，抢先问道：“你们是纯粹的全家旅行吗？真好哇！”

“好久没有这样全家出来了。对吧？”男人问向自己的老婆。女人微笑着点了点头。

“你们准备待到什么时候呢？”栗林问。

“很遗憾，我们今天就要走了，下午出发。”

“这样啊，你们住在哪里呢？”

“名古屋。”

“爱知县啊，需要多长时间呢？”

“要看高速公路堵不堵车，不过大概四个小时吧。”男人歪着头说，“您二位呢？”又问向栗林。

“呃，我们的房间今晚也预订了。”

“那就是明天了？”

“呃，嗯……”栗林腋下开始冒汗。如果能回去就好了，他想。

吃过饭，早早就准备好的秀人先去了雪场。栗林给根津打了个电话，正好刚过八点。

“早上好。”根津压低声音说，“我们刚刚登上缆车。”

“这么早就开始搜索了啊，太感谢了。”栗林拿着电话不断地点头哈腰。

“我们希望今天能够找到，栗林先生您在哪里？”

“我打算和昨天一样，在那家叫布谷鸟的店里。”

“明白了。有什么发现，我及时联系您。”

“了解。千万拜托了。”

挂断电话，栗林深深呼了一口气。根津他们纯粹是为了救人而去搜索，完全没有想到自己的村落正面临的危机。这么一想，栗林就受到良心的呵责，觉得自己不能在这种地方发呆了。

栗林强忍右腿的疼痛，站了起来。

26

升降机下的粉状雪今天依然还在。昨天夜里似乎下了点小雪，又成了一幅完美的没人滑过的斜面。秀人像是炫耀给升降机中的人一样扬起雪滑行。风虽然很冷，但是身体火热。

育美第一天告诉他的穴场也很棒。柔软的雪轻轻地飘扬，秀人扬起雪板的边缘，尽情前进。速度越来越快，那一种飘忽的感觉给人一种仿佛就这样飞在天上的错觉。实际上有几次雪板完全离开了雪面，但是丝毫不令人感到害怕。

痛快地滑行了三公里之后，秀人降到了山麓地带。虽然很爽，但是秀人却觉得少了点什么。

理由他当然心知肚明——前两天太爽了。这个雪场本身当然是个超级棒的地方，但是秀人还是再次认识到，果然还是和谁一起滑更加重要。

秀人下降到新手斜面后，正在考虑接下来到哪去的时候，看到了一边集合的一群人。那些人都戴着袖标，坐在地上。

是育美他们学校。秀人马上就明白了，她说今天有测试呢。

没多久他们就起身搬着滑雪板开始移动，接下来应该就是讲习和测试了吧。

秀人快速地移动视线，寻找育美。果然找到了熟悉的深蓝色滑雪服。今天她也戴着袖标，正在和认识的女孩子边走边说笑。她们似乎是要乘坐六人坐的缆车，搭乘处不一会儿就排起了队。

秀人不觉间也排在了队尾。他并没有什么明确的目的，非要说的话，只是想看看滑雪课到底是什么样子。

他前面就有几个戴着袖标的学生，正在低声交谈着。秀人并没有打算偷听，但是却无意中听到了高野的名字，不觉竖起了耳朵。

“就是啊。听说前天不在，我就去喝果汁了。果然只有高野他哥，像平常一样给我打了折。但是昨天就在了，从外面一看，果然阿姨在柜台那。于是就总有不祥的预感，就没有进去。”

秀人愣了一下，他们说的不就是布谷鸟吗？

“果然如此。我听别人也是这么说的，他说他昨天也没有进去。”

“听了那种话谁也不想去啊。一想到自己被怨恨了，心里就不痛快。”

“但是那些话是真的吗？川端说没有那么回事。”

又出现了一个秀人听说过的名字，不由得提高了注意力。

“那家伙和高野关系好才这么说的，心里肯定也觉得高野家的阿姨不好对付。”

“是吗？有点可怕啊。”

“是啊。好像把我们当成了害死她家小孩的人似的。”

秀人不由得一惊，突然出现了这么可怕的词语。

“但是和我们有什么关系？流感谁也没有办法呀！”

“没有办法呀！我也被传染了，又不是我想得的。女孩死了我也很同情，要是恨的话，也应该去恨没有及时封闭学校的校长。”

轮到他们上缆车了，秀人虽然还想继续听下去，但是如果他上去的话，他们肯定因为有外人在场而不会继续交谈了。没办法，秀人只能目送两个人乘上缆车。

27

乍看上去树上虽然没有泰迪熊，但是由于树身被雪包围，也有可能看不到。根津停在树前，打开了信号感应器的开关。

LED 灯一个也没有亮。但是根津没有马上放弃，而是不停地变换天线的方向，只是结果还是一样。

“没有反应。”根津说着，轻轻摇了摇头，脑海中掠过一丝简直是在寻找不存在的东西一样的疑惑。

沿着斜面向下滑过去一点的千晶问：“这棵树怎么样？和照片中的景色很像。”

在她数米前是一棵很高大的山毛榉树。根津滑过去一看，确实如她所说，于是打开了信号感应器的开关。

“怎么样？”千晶问。

根津摇了摇头：“不行。”

“那就下一个，那棵树看起来怎么样？”说着千晶先滑了出去。

两个人按照这样的方法一棵树一棵树地检查，但是信号感应器灯连亮的兆头都没有，只有时间在不停地流逝。

终于到了斜面的最底端，两个人站住。

千晶说："嗯……开始有点着急了。"

"同感。"根津看向手表，已经十点多了，"再查一遍刚才的树林，从本庄儿玉第二雪道边上进去的地方。"

"那个地方昨天已经去过三次了。"

"但是那里的可能性最大。转了这么多次我逐渐肯定，泰迪熊就在那片树林里。有可能是因为被雪覆盖了所以捕捉不到信号。"

"那样的话就找不到了呀。这东西就派不上用场了。"千晶指着根津手里的信号感应器。

"所以要一棵树一棵树地查，如果上面有雪，就把雪弄掉，只能这样了。"

"哎——好麻烦。"

"不愿意的话不做也可以。"

"没说不愿意，只是说好麻烦。"

"时间有限，走吧。"

二人回到雪道，全速滑向升降机搭乘处。因为今天是星期五，所以雪场比昨天热闹了一些。根津一边加速，一边注意着不去靠近其他游客。

终于到了升降机搭乘处，根津将背着的背包放下的时候，千晶说："根津先生，把信号感应器借我一下。"

"可以，但是你要干什么？"

"从升降机上试试，没准在高的地方能收到信号。"

根津苦笑说："离最近的山毛榉树林也要三百米以上哦。"

“无所谓嘛，反正试试。”

“倒是可以，不过你可别弄掉了。”根津从背包里拿出信号感应器，递给千晶。

升降机可容纳四人乘坐，但是客人不多，于是根津他们两个人坐一班。千晶马上打开了信号感应器的开关，将天线指向远方的山毛榉林。

“不行，毫无反应。”

“当然了。”

旁边的雪道上数十个人正在滑行，他们所有人都戴着袖标，似乎是来参加滑雪课的板山中学的学生。在修学旅行的名目下，有全国各地的中学生和高中生来这座雪场，他们和本地来参加滑雪课的学生有两个主要的不同点。首先是服装和装备。本地的学生多数都是带着自己的装备和滑雪服来，修学旅行的学生则都是租借。其次就是技术。这一点完全无法相比，本地的学生里甚至有从刚开始记事就开始滑雪的人。

“根津先生，我有一个请求。”千晶摆弄着信号感应器说。

“什么？要是借钱的话你可白说了。”

“不是借钱，是工作。能雇我做巡逻队员吗？”

“嗯？你说什么呢。”

“我是认真的。昨天也说了，我需要时间。但是找泰迪熊今天就结束了，我还不知道明天开始该怎么办。”

“别闹了。你有这种幼稚的想法能做好工作吗？”

“要是做肯定就会认真做。我还能换成越野滑雪，你知道吗？

我越野滑雪的技术也还不错哦。”

“还不错可不行，而且我也没有这个权力。”

“所以你去和领导商量商量……啊啊啊！”千晶突然叫了起来。

“怎么了？”

“看，看，看这个！”千晶举起信号感应器。

根津不由得瞪大了眼睛，八个 LED 灯里有六个在发光。

“咦？怎么回事？是那边吗？”根津指向左前方的山毛榉林。

“不对。朝向那边的话灯就灭了。不是那边。”千晶将天线朝向右边，“是这边！”

“但是那边没有树林啊。”

“但是没错，就是这边，啊，七个都亮了！”

根津看向千晶说的方向。只不过是一条雪道，上面有三个人在滑行，其中一个看起来很小，应该是个孩子。是一家人吗？

“根津先生，快看。”千晶将天线左右轻轻晃动，LED 灯随着晃动而忽明忽暗。不一会儿她发现了灯亮得最多的角度。在旁的根津也发现了。

当天线的前端指向一个人的时候，LED 灯亮得多起来，那个人就是身穿粉色滑雪服的女孩。

一家三口在根津的下方轻快地滑行，随着距离的拉大，LED 灯逐渐变暗，最后彻底熄灭。

“为什么会这样？是故障吗？”

“不，这反应很明确，不会是故障。”

“那是怎么回事？”

“那个女孩身上有能发出信号的东西。那个东西是偶然和装在泰迪熊上的信号发送器的波长一致呢，还是——”根津舔了舔嘴唇，接着说，“还是说她身上带着泰迪熊？”

“那个孩子……“

“看起来像是一家三口。可能是他们在树林中发现泰迪熊，将其给了孩子。”

听了根津的话，千晶突然按住了安全把手。

“喂，你要干什么？”

“再不追的话——”

“笨蛋。你要跳下去吗？我怎么能让你做这种事。”

“拜托——”

“不行。你想什么呢。”根津用右手按住安全把手，左手抓住千晶的手腕。

“啊啊，那要怎么办啊？”千晶抱着信号感应器仰天长叹。

“先要找到那个孩子，如果她随身带着泰迪熊，就要问出她是在哪得到的。”

“啊啊，升降机太慢了，真着急。”

千晶开始晃动机体，根津连忙制止了她。

过了一会儿，升降机终于到了终点，千晶一边滑着一边将滑板固定。

“怎么办？从他们在的地方，去哪个雪场都可以，岔路有好多。”

“我们分头找，他们带着孩子，应该不会去太难的雪道。以面向初中级的斜面为中心，最终会朝向缆车搭乘处吧。”

“明白了。那我去第二缆车搭乘处那个方向。根津先生，你记得吧，女孩的滑雪服是粉色的，其他两个人是白色和黄色。”

“粉色、白色和黄色，OK，我去第一缆车那边。”

两人几乎同时滑了出去。

28

布谷鸟的店门打开，秀人从外面进来，一边摘下护目镜一边环视店内，发现和幸坐在和昨天同样的座位上，一边喝着咖啡一边在摆弄手机。

秀人坐在他的对面，和幸这才发现秀人，眨了眨眼睛。

“什么嘛，原来是你。”

“您在这干吗呢？”

“等待联络。我受了伤，说了让别人代替我工作吧。”和幸把手机放到了外衣的口袋里。

“昨天我就很在意，谁代替了你的工作？大学的人吗？”

“不，是雪场的人。”

“雪场的人？你在这里有熟人吗？”

“那个……用了好多人际关系嘛。你不用在意这种事。”

和幸的态度明显不自然。从前他在掩饰自己和同事一起去夜店的时候，也是这样目光闪烁。不过那时很容易就被道代看穿了。

算了，秀人想，虽然不知道他在隐藏什么，但是和自己无关。

“我去买可乐。”秀人伸出手。

“你有钱吧。”

“无所谓嘛，反正和你在一起。”

和幸一脸不情愿地掏出钱包，拿出一个五百日元的硬币放在桌上。秀人拿起硬币，站起身。就在这时，店门被打开，育美走进来。

育美似乎没有注意到秀人，摘着手套走向柜台。柜台里站着的是昨天的那个阿姨，看到育美，阿姨的表情有点僵硬。

育美点了橙汁，交出一百日元。阿姨在新的杯子里加上冰，灌上橙汁之后放到育美面前。两个人始终没有说话。

育美拿着杯子回头的时候，和秀人四目相对。她轻轻“啊”了一声。

秀人向她打招呼，她也回礼，看到这时她的表情有些缓和，秀人颇为安心。

秀人回头看向柜台，不知何时刚才的阿姨已经不在了，正在不知如何是好的时候，里面走出来一个年轻的女服务员，点可乐的时候被发现不是来参加滑雪课的学生，只能买了消费券。

重新使用消费券买了一杯可乐之后，秀人走向育美的座位。

“可以坐你旁边吗？”

育美轻轻点了点头。

秀人弯下腰低声说：“柜台的阿姨不见了呢。我还盼着她记得我给我打个折呢。”

育美扫了一眼柜台，低下头说：“可能是因为我来了。”

“你？为什么？”

她没有回答，只是两手捧着杯子，一直低着头。

秀人觉得这时必须要说点什么，但是一时又找不到话题，结果一着急说出的却是："刚才我听到你的同学在说奇怪的事。在缆车搭乘处。"

育美抬起头："奇怪的事？"

"是关于这家店的……"说着，秀人开始后悔不应该说起这个话题。

果然育美不快地皱起了眉："他们说了什么？"

"呃……我没有听得太仔细，所以可能是我听错了……"

"怎么说的？快点说。"

"就是……"

"关于阿姨的？"育美像是要看到秀人眼睛深处一样盯着他问。

秀人点头说："说什么，好像她恨你们之类的话。"

育美很失望地叹了口气说："果然是这样……"

"这是怎么回事？恨你们？"

"和秀人君没有关系。"

"啊……确实，抱歉。"秀人挠了挠头，喝了口可乐。

不悦的沉默持续了一会儿，育美小声说："他们说了关于女孩子的话吗？"

"女孩子？"

"高野君的妹妹。"

"说是两个月之前去世了……"

育美点了点头，又看向柜台。

“本来心脏就不好，直接的原因是流感。”

“啊……好像说了。说是校方没有封锁学校不对之类的。”

“我们学校很严重，我也被传染了。高野君也是。结果高野君的妹妹也被传染了……”继续说下去好像很痛苦，育美咬起了嘴唇。

内容太过沉重，秀人不知如何作答，只能小声说了一句：“这样啊。”

“但是当时并没有人特别在意。高野君也没有说什么。只是最近开始流传起奇怪的谣言。说是高野君的妈妈恨板山中学的学生，想要报复什么的，在网上流传。”

秀人歪着脸说：“真的？”

“我也不相信啊，我上小学时就认识高野君的妈妈，觉得她不是那样的人。但是昨天时隔许久见到她，确实有点可怕。”

“毕竟她问了流感的事呢。”

育美轻轻点了点头。

“果然还是觉得她有点记恨我们。可能看我们快活地上滑雪课不高兴吧。高野君也是从一开始就没什么精神。所以我昨天直接问他了，问他到底是怎么回事。”

“他怎么说？”

“他说‘少啰唆，别管我’，我明明是担心他才问的……”

看着育美消沉的侧脸，秀人的心中升起一股焦躁的情绪。昨天她和高野谈完之后眼眶湿润了，那只是为了同学而流的泪水吗？

“那你今天为什么来这？”

“我想再确认一次，没准昨天觉得阿姨奇怪是我的错觉，可能今天就会笑脸迎接我了。不过看来还是不行，我被讨厌了。”说着育美喝光果汁，从椅子上站起。

29

第一缆车搭乘处近在眼前。

根津放慢速度环视整个雪场。虽然第一眼就看到了身穿粉色滑雪服的人，但是明显是个成人。而且同行者的滑雪服颜色也不对。

根津在缆车搭乘处前停下，从背包里取出信号感应器，打开了开关，试着换了换天线的角度。但是八个 LED 灯一个都没有亮。

摘下雪板，根津走上通往缆车搭乘处的台阶。排队的乘客并不多，仗着自己身穿巡逻队员的制服，根津可以笔直前进。他和负责维持秩序的打工女孩很熟。看见根津，她好奇地瞪圆了眼睛。

根津跟她说明了一家三口的滑雪服颜色，问她是否看到过。

女孩不知所措地歪了歪头。

“小孩子倒是有几个，好像也有穿粉色滑雪服的。但是和他们一起的大人的衣服颜色就……对不起，我不太记得了。”

很正常，虽然人不是很多，但是也可以说是络绎不绝，大家的滑雪服颜色都鲜艳，反而很难让人留下深刻印象。

根津向她道谢，回转身走出缆车搭乘处，四处张望，还是没有看到一家三口的身影。

电话响了，是千晶，根津接通。

“怎么样？”

“没有。”千晶大声说，“我刚刚看过日向雪场，没有那一家人。问了升降机和缆车搭乘处的人，也都说不太记得。”

根津咬起嘴唇。这里以日本屈指可数的大雪场自居，没想到这一点反而成了棘手的地方。

“怎么办？再从山顶上向下边滑边找吗？”

“不，这个雪场太大，对方也在移动，乱动的话很难找得到。在缆车搭乘处等着可能更有可能。”

“嗯，同感。那我就在搭乘处盯着。”

“拜托。快要到中午了，也可能在什么地方吃午饭。在可见的范围内也注意一下客厅和饭店的出入口附近。”

“明白了。”

根津挂断电话，环视雪场，又看到了一个身穿粉色滑雪服的人，也有小孩，但都不是那一家三口。

正想着只能耐心等待时，电话又响了，这次是栗林。

正好，根津想。接起电话：“你好，我是根津。”

“啊，我是栗林。多次受您关照，给您打电话是想问一下现在的进展情况，百忙之中多有打扰，实在抱歉。”语气谦卑得有点滑稽。不过也不能说是谦卑，确实是觉得抱歉，打心底表示感谢吧。

“有了一个很大的进展。”根津说，“信号感应器有反应了。”

“哎？是吗？在哪里？”栗林马上反应强烈。

“但是是在很意想不到的地方。竟然是在雪场里，附近完全没有山毛榉树林。”

“哎？为什么在那种地方？”

“更具体地说，信号感应器有反应的不是一个地方，而是一个人，最后判明是从一个游客身上发出了强烈的信号。虽然我觉得很奇怪，但是并不是偶然。”

“从游客身上？为什么会这样？”

“能想到的结果只有一个。装有信号发送器的泰迪熊在那个游客的身上。”

电话里传来栗林吞了一口气的声音，之后他并没有马上说话，根津喂喂地叫了好几声。

“啊，在……在在，我听到了。”栗林战战兢兢地回答，“那个人持有泰迪熊，也就是说是从现场拿走的对吧？“

“我觉得这个可能性很大。”

电话里传来栗林吃惊的叫声。

“那个游客现在在哪里？”

“不知道。发现信号的时候，我们正在升降机上，没有任何办法。”

栗林又是一声惊叫，明显比刚才声音大了。

“那不是很糟糕？如果找不到的话，K……不，那个疫苗的所在就没法知道了。”

“所以我们正在拼命找。但是我觉得如果我们乱动的话反而不好找，正兵分两路在缆车搭乘处等着。我觉得那个人肯定会在一边现身。”

“原来如此，可能真的只能这样。”

“栗林先生现在在布谷鸟吗？”

“对。”

“那能麻烦你看一下周边吗？现在正好是午饭时间，那些人有可能正在吃午饭。”

“啊，好的。呃……那些人有什么特征？”

“关键的是一个身穿粉色滑雪服的小女孩，和看似她父母的两个人在一起，男人穿着白色，女人穿着黄色的滑雪服。”

“呃……粉色的滑雪服……啊，有一个！不过不是小孩……有个小孩，但是滑雪服是水色的，其他的……嗯，没有合适的了。”

“这样啊。但是可能一会儿会出现，请注意察看。”

“明白了。发现了类似的一家三口，我马上联络您。”

“拜托。我们也会继续搜索。”

“对不起。全拜托你们了，真的不好意思。”根津眼前好像浮现出了栗林反复点头的样子。

根津挂断电话，重新看向雪场的各个角落，还是没发现那一家三口。

马上手机又响了，根津以为是千晶，结果还是栗林。

“我是根津，怎么——”

栗林的大嗓门直震动根津的耳膜。根津不由得把手机拿远了。

“什么？”

“白色和黄色吧，女、女、女孩子是粉色的，父、父母是白色和黄色，您刚才是这么说的吧？”

“对。难道他们去你那里了吗？”根津握着电话说。

“不是，不在这里。但是我知道，有可能那一家就是和我住在同一家旅馆的一家三口。父亲穿白色的，母亲穿黄色的，女孩子穿粉色的。确实是这个组合，刚才听你说的时候没发现，挂断电话之后总觉得在哪见过，突然想起来了。”

虽然很凑巧，但是如果确实的话，是个很大的线索。

“是什么人？”

“名字没有问……啊，但是向旅馆确认就能知道。”

“请马上确认。我会安排广播寻人。”

“明白了。”说完栗林又啊啊啊地叫起来。

根津吓了一跳，问道：“又怎么了？”

“可能没有多少时间了，那一家三口说今天下午要开车回名古屋。”

“哎？”根津看向手表，马上就要到十二点了，“他们说了滑过之后要去哪里换衣服之类的了吗？不会先回一趟旅馆吗？”

“抱歉，我不知道。”

“那还是先和旅馆确认吧。如果旅馆知道那一家三口的联系方式的话，也请问过来。我们去确认停车场。”

“是，明白了。”

听到栗林充满气势的回答后，根津挂断电话，接着给千晶拨过去。

电话接通，她上来就问：“找到了吗？”

“还没有，但是发现了一件很重要的事。”

根津把栗林的话转述给千晶。

“什么嘛，住在同一家旅馆，竟然到现在才发现？那个栗林可真是迟钝。”

“没有办法，比起这个你去帮我办一件事，你去第二缆车的停车场，看看有没有那一家三口，我这就去第一停车场。”

“知道了。”

挂断电话，根津装上雪板，滑回驻地，将经过讲给牧田。

“好，那就给在巡逻的人发通知，让他们发现类似的人之后联络。当然不会说得太具体，就说有重要的失物就可以了吧。”

“不好意思，拜托了。”

根津换上鞋，拿起装有信号感应器的背包，飞奔出驻地，乘上平时装运巡逻器材的面包车，急忙向第一停车场赶去。

30

旅馆的老板娘虽然笑着脸但是很顽固。栗林问她今早上退房的一家三口的事时，她只是说出了渡边一茂这个名字，而电话号码则碍于个人隐私绝对不能透露。虽然可以理解，但是也让人觉得有点不分场合。

“拜托您了，有急事，一定要和他们联系上。”

老板娘叹了口气。

“那就这么办吧。我和他们联系，让他们和栗林先生您联系。这样怎么样？”

“啊，这样也可以，拜托。”

栗林告诉老板娘自己的电话号码后挂断了电话。接下来就只能等待渡边的联系了。

不觉间肚子饿了，栗林拄着滑雪杆站起来，在消费券购买机那里买了啤酒和法兰克福香肠，走向柜台。柜台处站着一个面容精悍的年轻男人，胸前的胸牌上写着高野两个字，态度很好地说了声“欢迎光临”。

栗林递出两张消费券。

“啤酒和法兰克福香肠，我会给您送过去，请在座位上等待。”

“啊，可以吗？”

“当然。我看您好像受伤了，没有事吧？”

“呃，还好。真难为情。”

“滑雪受的伤吗？”

“嗯，那个，过于大胆地向斜面挑战了。”栗林弯起手，做了一个斜面的手势。

“原来是这样。就算技术好，也不能大意呀！”

“嗯，真的长记性了。”

这时，身旁一个和秀人同龄的少年走了过来。

“妈呢？”他问柜台里的男人。

“在里面休息。”

“嗯。”

“你的滑雪课呢？”

“测试结束了，接下来自由活动。”

“合格了吗？”

“废话。”少年说着，消失在柜台后面。

看起来两个人好像是兄弟。在这种地方长大的话，滑雪技术一定十分了得吧，栗林想。

栗林回到座位上盯着手机，果然马上就来了电话。他兴奋地拿起电话，但是看到对方的名字时却很是失望——是东乡。

“喂，什么事？”栗林的声音明显没有干劲。

“什么呀你，还有干劲吗？”

“干劲十足。现在正在紧张地展开。”

“噢，有什么进展吗？”

“进展很大。”栗林将今早的事简单地说了一下。

东乡不停地发出嗯哼的声音。

“也就是说，能否找到那一家人很关键。”

“何止关键，找不到的话就完蛋了。”

“不过应该能取得联系吧？所以在哪发现泰迪熊也很快就能知道了吧。”

“现在还说不好。人类的记忆很模糊，时间长了也有可能忘了。而且毕竟是名古屋，再来这里也得有相当充分的理由。”

“把之前那个疫苗的事告诉他们不就行了？”

“但是这一次人家不一定相信。如果遭到怀疑、调查的话就糟了。还是说出真相，让他们帮助搜索 K-55——”

“不行不行，不——行。”东乡的声音高了一个八度，“什么什么啊你，什么说出真相。这样就放弃了怎么行，拿出你的耐性来，耐性。”

栗林有气无力地哼哈了两句，心里想，要是有耐性就能解决的话，谁也不用费劲了。

“打起精神，其实我有一个好消息。”

“好消息是？”

“我找到了帮你的人。你可以随意支配。”

“啊，是吗？”

“什么呀，看起来你不太高兴啊。”

“不是这样，只是没找到那一家三口有点担心。”正说着，栗林的耳边传来嘟嘟声，是旅馆打来的。

“谁来适合帮你，我也考虑了很多——”东乡耀武扬威地说，“这时——”

“对不起，我再给你打过去。”

挂断和东乡的电话，栗林给旅馆打过去：“你好，我是栗林。”

31

里泽温泉有很多公共停车场，但是最大而且离主雪场最近的是第一停车场。那里被划分成 A、B、C 三个区域。

停车场里停着许多车，离雪场最近的 A 区几乎没有空位。根津每一台车查看，慢慢行进。但是哪一辆车上都没有人。

正想要移动到 B 区的时候，对面开来一辆 RV 车。开车的像是一个男人，副驾驶位置上坐着一个女人，后排座上有一个人影。

根津踩下刹车，开启驾驶席的窗户，伸出头，向对方的驾驶员挥手致意。

RV 车停在根津车旁，驾驶员满脸惊讶地打开车窗问："什么事？"

"不好意思问一下，后面坐着的是您的孩子吗？"

"是啊……"

"是女孩吗？"

"不是，是男孩。"

希望落空了。但是没准自己误认为是女孩的可能性也不是不存在，于是根津又问："您家孩子的滑雪服是什么颜色的？"

“那叫什么颜色？”男人问身边的女人。

坐在后面的男孩探出身子，手里拿着的滑雪服是蓝色和白色的格子花纹。

“不好意思，打扰了。”根津低下头，重新启动车子。对方一定觉得莫名其妙吧。

根津进入 B 区开始搜索，可是仍然没有找到符合条件的一家三口。

电话响了，是栗林。

“我问了旅馆，知道了名字。据说是叫渡边。渡边一茂。已经退了房，应该不会再回旅馆了。”栗林遗憾地说，“而且老板娘不告诉我他的电话，那个人和看起来不一样，十分顽固。不过最后还是安排由她转告渡边给我打电话。只是今天晚上之前是打不过来了。”

“为什么？”

“现在已经很少见了，渡边留给旅馆的电话是他家的固定电话。旅馆打过去，被切换成了自动留言，虽然老板娘留了言，但是渡边听到留言要到今天夜里了吧。”

那就太迟了。而且要找出泰迪熊的位置，还需要渡边一家来带路。无论如何都要在他们离开这里之前找到他们。

“没办法，只能采用广播寻人了。栗林先生请在那里等待联络。”

“我知道了。”

挂断电话，根津给千晶打过去，问她那边的情况。

“没有。而且这边几乎就没有停什么车。”

“果然是这样，那就改变方针。知道了对方的名字，叫渡边一茂。不过很遗憾没有拿到电话号码，在你附近有信息服务中心吧？广播寻人。”

“好，渡边一茂对吧？”

要是这样能找到就好了，根津想。但是也不能抱有过多的期待。广播的范围仅限雪场内，如果渡边一家已经离开了雪场，那就不可能听到。

根津又巡视了C区，还是没有发现类似的人物。虽然还有其他的停车场，但是他们没理由把车停得那么远。

根津正在不知所措时，眼角扫到了一样东西。旺季时节有很多车被盗，所以几年前开始安置摄像头，最近不仅停车场，雪场内也已经有一些地方安置了。因为也开始出现了盗窃滑雪板的情况。

看到摄像头，根津灵机一动，发动车子，开向雪场管理事务所。摄像头拍摄的影像都在那里保管。

根津进入事务所，简单地和熟识的警备员打个招呼后就直奔警备员室。里面值班的是他认识的人。

“噢，根津君，怎么了？”警备员悠闲地问。

“能让我看看摄像头的录像吗？我在找人。有重要的失物要给他。”

“那倒是没有问题。”中年的警备员满脸迷惑，“重要的失物是指驾照之类的？”

“不，是更重要的。”

“银行卡？”

根津有点着急，心里不由得嘟囔道，你管那么多干吗，赶紧给我看就好了。

“是药。”

“药？”

“如果不交给那个人的话，会有生命危险。”

根津觉得这个说明很暧昧，但是警备员却大吃一惊地走向屏幕说：“哎？那可糟了。”

监控器的屏幕共有四台。在雪场和停车场设置的摄像头共有十台以上，需要自动或者手动来切换画面。

根津按照警备员教给他的方法在四台屏幕前坐定。首先是第一停车场，但是重新快放了两小时之前的录像，却没有拍到渡边一家。

根津觉得很奇怪，他们把车停到了更远的地方吗？为什么要这么做呢？

根津又看了千晶确认的第二停车场，结果还是一样。

没办法，根津又开始确认餐厅和饭店的门前，摄像头的录像以店铺前的滑雪板放置处为主。

根津快进查看录像，发现黄色、粉色和白色的滑雪服时就暂停查看。但是没想到这几种颜色的滑雪服惊人之多，但是三种颜色在一起的却没有。

又有一个粉色的滑雪服出现，而且是小女孩。根津很激动，但是马上就失望了。和小女孩说话的是一个身穿紫色滑雪服的女人。

正在根津又一次想要放弃的时候，身穿紫色滑雪服的女人离开了女孩。女孩向她挥手，似乎只是在一起说话而已。

之后画面一端马上出现了一个身穿白色滑雪服的男人，站在女孩身边。数十秒之后，又有一个身穿黄色滑雪服的女人从旁边的店里走出来，和男人在一起说着什么。

是他们，根津确信。虽然只在雪场上见过他们一次，但是身形和背影几乎一样。

根津急忙确认前后的录像，他们是十一点十分左右进入店里，约四十分钟之后出来的。

糟了，根津想。他和千晶在缆车搭乘处等着渡边一家的时候，他们正在吃午饭。不过那时也不可能挨个餐厅和饭店搜索。就在那段时间一家人滑下来，又上了缆车，或者去别的地方的可能性也很大。

看向手表，已经下午一点多了。渡边一家去了哪里呢？为什么停车场的摄像头没有拍摄到他们？

难道在回家之前想去里泽温泉村散散步？但是那要怎么搜索呢？

根津想着这些的时候千晶打来了电话。

“我安排了广播寻人，但是还没有回应。”

“果然如此。那一家人已经离开了雪场的可能性很大。”

根津将摄像头的情况告诉了千晶。

“从录像来看，一家人已经是准备撤退了。已经摘下滑雪板，抬着走了。”

“那我留在这里岂不是没有意义了？”

“不，等一下，你能去一下渡边一家去的饭店吗？没准店员记得他们三个人，会有一些线索。”

“可以，那家店叫什么名？”

“三叶草食堂，你知道吗？”

“啊，是那个做信州菜担担面出名的店吧，那我去看看。”

“拜托。”

挂断电话，根津向警备员致谢后离开了那里。继续待在这里已经没有意义，还不如到村子里去找一找。

根津重新发动面包车。里泽温泉村的道路曲折复杂，而且很窄，根津一边注视路边的行人，一边小心驾驶，逐渐涌上一股绝望的情绪。步行的人虽然不少，但是他们基本都脱下了滑雪服和滑雪装备。想一想也是理所当然的，离开了雪场，自然要换回日常穿的衣服。

看到带着小孩子的男女根津就问人家是不是渡边，大家都一副惊讶的表情说不是。这样继续下去有可能会影响到里泽温泉村的名声，根津正在开始担心的时候，电话响了，是千晶。

“我现在在三叶草食堂。问了店员，她还记得渡边一家。”千晶喘着粗气，大概是跑过去的。

“他们说了什么？比如说吃过饭要去里泽温泉村散步，或者去买礼品之类的话了吗？”

“很遗憾，店员并不记得这么细，只是在上薯条的时候，女孩撒娇说还想再滑。”

“然后呢？父母同意了吗？”

"并没有听得那么仔细。毕竟这家店很有人气，客人非常多，也可以理解。"

对于千晶的回答，根津没有办法再继续发问，他也知道那家店的客人非常多。

"什么事都行，问一下店员有没有让他留下印象的。"

"我问了，但是说是别的就不记得了。"

"这可怎么办。"根津挠了挠头，"比如说用手机查了什么，或者查了地图之类的……"

"不可能的，店员也很忙。"

"就算再忙，上薯条时的对话还能记住吧。"说着，根津的脑海里闪过一道光，"等一下，那家店的招牌菜是信州菜担担面吧？为什么要点薯条？"

"我哪知道啊。"

"问问店员，他们还点了什么？看看小票就能知道了吧。"

可以听到电话那头千晶问店员的声音。作为店员来说正在忙的时候肯定觉得很烦人吧，但是现在也顾不得这许多了。

"呃……两份担担面，然后还有炸薯条和啤酒和奶油苏打。"

"啤酒——"根津叫起来，"几个杯子？喝了啤酒的是夫妇中的哪一个？"

千晶又问向店员，她似乎察觉到了根津的意思，语气中多了几分热度。

"发现了不得了的事。"千晶说，"夫妇两个人都喝了啤酒。"

"喂，那就是说——"

“好奇怪。接下来要开车，一般不应该喝啤酒啊。”

“我再联系你。保持电话通畅等我联系。”

接着根津又给栗林打电话，听到栗林轻松的喂喂声。

“我有一件事要和您确认，渡边一家确实是开车来的吗？”

“哎？我觉得是吧。”

“你亲耳听到是坐车来的了吗？”

“呃……这个记不清楚了……”

“请好好回忆一下，为什么会认为是开车来的？”

“因为他们担心高速公路的堵车，所以肯定是开车来的吧？”

“高速公路？他们说要开车回去了吗？”

栗林犹豫起来：“不好意思，记不清了。”

“我知道了。已经没事了。”挂断电话，根津放下手刹车，现在没有时间和迟钝的大叔废话了。

不能保证渡边不会醉驾，很有可能他觉得一杯啤酒并不碍事。但是考虑到没有被停车场的摄像头拍下，他们应该是自己没有开车所以才放心喝酒的。在意高速公路的拥堵情况是因为他们要乘车回去。这样一来可能性就只有一个。

根津开动面包车奔赴巴士专用停车场。那里靠近里泽温泉村的入口，正停着几辆大巴车。根津下车，查看车窗前的牌子，可是并没有开往名古屋方向的。

“小哥，你在找啥？”大巴车后面一个貌似司机的人问道，他穿着制服，戴着帽子，嘴里叼着牙签。

根津回答说在寻找去往名古屋方向的车。

“刚刚开走，什么观光大巴？”

“刚刚？那是多长时间？”

“就是刚刚，可能还不到五分钟吧。”

根津一边道谢一边飞奔回面包车，发动引擎，开始前进。轮胎摩擦地面发出声音。

根津踩着油门一边操控方向盘一边思考，开往名古屋方向，需要走上信越机动车道、长野机动车道、中央机动车道以及东名高速公路。

一定要在大巴车进入信越机动车道之前发现它，根津想。虽然不知道是哪家公司的车，但是一旦进入高速公路，就不好分辨了。

逐渐追上前方的车，是一辆小轿车，似乎不太习惯走雪路，驾驶得十分谨慎。根津确认对面的车道上没有车后，一脚油门踩下去，超过了小轿车，回到刚才的车道上。虽然有一点漂移，但是已经顾不上了。

接下来根津也保持这个速度，看准时机不断超越前方的车辆。在被超车的车主们看来，一定觉得他是一个可怕的乱开车的人吧。可是形势所迫，也由不得根津。马上就是高速公路的入口了，大巴车一旦上了高速，就没机会了。

经过即将进入高速公路的路牌，根津已经仰天长叹了，就在这时，前方看到了一个大巴车的背影。根津一口气追了过去。

大巴车的背面印着“やっとかめ[1]观光”的字样。而且是名古屋的车牌，没有错。

根津超车，不停地按着喇叭。可是大巴车并没有放缓，可能只把根津当成了没有教养的人吧。根津想要强行超车，但是偏偏在这时对面的车道上有车行驶。

根津正在着急的时候，大巴车的后车窗处露出了一个小孩子的脸。看起来像是小学生，好奇地看着根津。

根津张大嘴做着停车停车的口形，想要传达给小孩，还用手指着地面。

小孩终于理解了，转身向前说着什么，接着好多人凑了过来，小孩居多，但也有大人。

大巴车的刹车灯开始闪亮，终于放缓速度，靠近路边，最后停了下来。高速公路的入口就在眼前。

根津也停下车，从背包中取出信号感应器下了车。走近大巴车的车门时，车门缓缓打开。

“干吗呀你？”司机惊讶地问。

“对不起，我是里泽温泉滑雪场的巡逻队员。在这辆车上，有叫渡边的乘客吗？渡边一茂。”

就在司机想要说什么的时候，传来一声“是我”的回答。前方第二排的座椅上，一个身穿灰色毛衣的四十多岁的男人轻轻举起了手。

---

① 名古屋的方言，好久不见的意思。

根津走上大巴车，走近男人。他的旁边是空座，隔着过道的座位上坐着一个女人和一个小孩。

根津打开信号感应器的开关，将天线对准女孩，八个发光 LED 灯全部发出光亮。

“那是什么？”貌似母亲的人不安地问。

女孩穿着长袖 T 恤和迷你裙，身边放着一个小背包。

“可以让我看一下包吗？”根津问。

女孩像是征求许可一样看向妈妈，看到妈妈点了头，女孩将背包打开展示给根津。

根津伸出手，将里面的东西取出，一只茶色的泰迪熊——

“那个东西怎么了？”女孩的父亲问。

“我有一个请求。”根津对渡边说，“能和我一起回雪场吗？”

“哎？”渡边吃惊地瞪大了眼睛。

“事关人命，拜托了。”根津低下了头。

32

“什什什什什么？别人给的？”接到根津的电话后，栗林不由得站了起来，那一瞬间，右腿剧烈疼痛，“疼疼疼疼……”

可能是因为他的声音太大了，周围的人都看向他。栗林伸手拿起代替拐杖的滑雪杆，走向店门口继续和根津通话。

“怎么回事？泰迪熊是别人给她的？谁给的？”

“刚才都说了是不认识的人。前天，小姑娘在滑雪时和那个人撞到了一起，对方道歉后，从兜里掏出泰迪熊作为表示歉意的礼物送给她。”

“撞上……”

栗林有些蒙。不过说起来前天早上那一家人确实说到了这个话题。然后早饭后栗林打开信号感应器开关时，有了反应。可能那时女孩把泰迪熊带在了身上，正要赶往雪场。

“那，就没法知道是谁吗？那个人。”栗林一边往店外走一边说。声音中带着颤抖，并不完全是因为冷。

“现在还不知道。因为那个人也没有报上姓名。”

栗林的头脑一片空白，眼前一片漆黑，再也无法保持冷静，开始沿着墙来回踱步。

“那该怎么办啊？那不就没有办法找了吗？”

“请不要激动，就算哭喊也解决不了问题。而且这是你的问题，和我们没有关系。”

“但是事关人命。”

“我知道。虽然不知道是谁，但是因为想要救人，我也在这样努力找嘛。”

听到根津毅然的声音，栗林胸中一阵痛楚。其实救的是你自己的命，这句话都涌上了嘴边。栗林吞下这句话，向根津道歉。

“现在放弃还早。”根津说，“没准有可能找到这个人。”

“哎？怎么回事？”

“根据渡边先生的说法，那个人个子很小，从声音来判断可能是一个中学生。在工作日的白天一般来说是不会有中学生的。而且滑雪的技术很高，滑雪服的颜色好像是茶色的。”

“中学生？也就是说来参加滑雪课——”

“您知道吗？两天前板山中学的学生在这里上课，我觉得那个人可能就是他们之间的某个人。”

“原来如此。”栗林将滑雪杆刺向雪面，“那就有办法了。”

“我现在正在回雪场的路上，已经联系另一个同伴，如果在雪场见到板山中学的学生就上前问一下。栗林先生的腿虽然很痛，但是如果遇到了类似的孩子，也请问一下。”

“知道了。如果是这样的话，我也有一个办法。我试试看。”

栗林对根津说继续拜托了，之后又打电话给秀人。

栗林觉得秀人可能正在滑行，注意不到电话，没想到竟然接通了，传来秀人冷淡的声音。

“你现在在哪？”

“第一缆车里，马上就下去了。”

“之前那个女孩子……名字叫什么来着，那个可爱的女孩子，你和她在一起吗？”

“才没有。怎么可能。”

“为什么？刚才你们不是还在咖啡馆里说话了吗？”

“出了店马上就分开了，你问这个干什么？和你没有关系吧。”

秀人的心情似乎很糟糕，是和那个女孩吵架了吗？但是现在没有余力照顾他的心情了。

“帮我个忙。马上联系那个女孩，问一问她的同学里有没有在这座雪场中捡到泰迪熊的人。”

“泰迪熊？什么啊，完全不明白你什么意思。”

“不知道也无所谓。和爸爸的工作有关，非常重要。你知道那个女孩的电话号码吧？”

“……算是知道。”

“那就拜托了。把你带来这里的时候，一开始就说了是让你帮助爸爸的工作了吧。”

数秒钟的沉默之后，秀人说：“知道了。只要找捡到泰迪熊的学生就好了吧。”

“准确地说，是捡到一个挂在山毛榉树上的泰迪熊的人。还有，那个人好像穿着茶色的滑雪服。”

“什么嘛，好麻烦的样子。捡到就行了吧？然后呢，找到这个人之后呢？”

“最好让那个人来我这。不管怎样，先通知给我。”

“嗯，知道了。”

“拜托你了。要是顺利的话，什么都——”

——都买给你。栗林还没说完，电话就被挂断了。

接下来是东乡。电话刚刚接通，东乡就抱怨说太迟了：“你说再给我打之后我可等了好长时间。”

“不好意思。但是有好消息，又有了大的进展。”栗林把从根津那里听来的话以及正在进展中的搜索板山中学学生的事情讲给了东乡。

“这样啊。可是中学生让人很在意呀。那些家伙比大人更精通网络吧，不会传播奇怪的消息吧？”

“肯定是有一定的风险。可是所长，请想一想，就算雪中埋着什么东西的谣言传播的话，也就是金钱啊，宝石啊，就算往坏里想也就是炸弹或者尸体之类的，这种程度的谣言完全没有意义。就算巡逻队员说出去了，他们也肯定觉得是疫苗，没有问题的。”

“嗯，也有道理。”

“是吧？谁也想不到是装有病原菌的玻璃容器埋在雪里。那种事谁也不会知道的。”

“好的。这样的话就都交给你了，希望下一次电话就是你告诉我 K-55 找到了的通知。”

“了解。”

结束通话，就在栗林将手机收回口袋时，背后传来咣当的声音。他回头看去，原来是咖啡馆的后门。

栗林看了一会儿关闭的门，拄着滑雪杆离开了那里。刚刚才放晴的心情又蒙上一层栗林拼命想要拨开的乌云。

33

确认栗林从布谷鸟里面消失之后，折口放下望远镜。现在他所在的地方是距离布谷鸟二十多米的免费休息处，这里摆着桌子和椅子，墙角还摆着自动贩卖机。

今早折口很容易就发现了栗林。毕竟他拄着滑雪杆，很显眼。并且折口对他今天也会在布谷鸟等待的猜测也命中了。

不过这之后的事情折口就完全没有办法了。和昨天一样，那个巡逻队员二人组又出去找泰迪熊了吧，只是完全不知道进展情况。但是接近栗林的话只会让他警惕，于是只能像这样在远处盯梢。

刚才栗林在店外打了很长时间的电话，折口用望远镜看过去，栗林的表情变化很大，很明显是有了进展。

那么，接下来自己应该如何行动——

就在折口握紧喝空了的纸杯时，身边传来小孩的声音："喂，这是啥，有奇怪的消息哦。"看起来像是中学生，应该是前两天开始来这里上滑雪课的学生吧。

"谁发来的？"和他在一起的另一个学生问，说着看向同伴的智能手机。最近学生持有智能手机似乎已经成了常态。

“山崎。在找在这个雪场捡到一个泰迪熊的板山中学的学生。穿着茶色的滑雪服。请有线索的人联系。啥意思？什么泰迪熊？”

折口马上竖起了耳朵，这可是不能随便听的话。

“可能是谁掉下的吧？然后是板山中学的学生捡到了之类的。”

“可能是吧，但是为什么会掉下泰迪熊？”

“不知道……”

听到两个人的对话，折口明白了状况。看起来吊在山毛榉树上的泰迪熊被什么人给拿走了，而那个人是板山中学学生的可能性很大。

所有学生都看到信息的可能不大，但是一旦有同伴看到，就会马上传播，找到那个学生也应该花不了太长时间，找到那个学生之后，会怎么样？

一定会来布谷鸟，折口断定。一定会来向栗林说明详情。

“咱们要在这里待到什么时候？”中学生们开始别的话题，“再去滑吧？”

“我不想滑了，有点累了，也够了。你要是想滑就先去吧。”

“那我也留在这里，还想玩游戏。”

“噢，就这么办。”

看起来中学生们暂时还会留在这里。折口心里偷笑，又有了偷听情报的机会。

这时真奈美打来了电话询问情况，折口一边离开中学生，一边把大致的情况做了说明。

“嗯，这样啊。感觉只要先控制了那个中学生就能抢夺宝贝了。”

“我也是这么想的，正在磨爪子呢。”

“你那爪子倒是不怎么可靠，不过也只能靠你了。”

“比起这个，你也该告诉我了吧，是什么宝贝啊？”

真奈美哼了一声。

“也是，既然让你来回收，还是告诉你比较好。宝贝的实体是白色的粉，装在玻璃容器里。”

“白色的粉……也就是说——”

“不要抢话。不是毒品。换个角度，比毒品更值钱。”

真奈美说明白色的粉是生化武器，听了这个折口一时没什么概念，完全想象不出是什么东西。

“所以我觉得和你说了也白说。总之你要轻拿轻放，据说玻璃容器十分脆弱，我应该告诉过你准备密闭容器，准备好了吧？”

“带着呢，不过是装食品用的密闭容器……”

“那个也可以。发现之后马上装进去，然后用塑料袋包上，封好，明白了？”

“说得好严重啊。”

“说明东西的重要性。听好了，绝对不能落在别人手上，到了这个时候，就算采取一些野蛮的方法也可以。”

“真的？那我就不客气啦。”

“没关系，对方也不会轻易地就报警。不过如果你搞砸了，我可不会饶了你。”真奈美轻松地说，但是背后的语气却十分冷酷。折口不由得背后升起一股冷气。

34

入口的自动门打开，秀人抬起头看过去。进来的是穿着红色滑雪服的老年外国女人。来这里第一天秀人就感受到了，从欧美来的客人还真多。这个位于第一缆车下降处旁的咖啡馆的菜单也是用英文写的。

秀人看向放在桌子上的手机，确认时间。距离上一次看并没有过去多长时间，和育美约好在这家店集合是十五分钟前的事。

这时育美进来了，发现秀人后，小跑着过来说："抱歉，来晚了。"

"没事，我也才来。拜托你那么奇怪的事才抱歉。"

"没关系。但是确实挺奇怪的。"育美摘下护目镜，坐在秀人身旁的板凳上。

"我也不太明白，只知道和爸爸的工作有关。"

"嗯，但是这工作看起来挺好玩呢，找泰迪熊。"说着育美开始操作自己的手机。

和幸打来奇怪的电话后，秀人马上给育美打过去。虽然他对和幸的态度有些不耐烦，但是其实心里对于又有了联系育美的借口而窃喜不已。在布谷鸟听到关于高野的母亲和妹妹的悲惨故事之后，秀人说不出“一起再滑吧”这种话，不知不觉地就在店门前和育美分开了，结果他一直在后悔为什么没有下决心约她。

“哎，大家都在滑吧，觉得信息还没有太多人看。虽然有一些回信，但是都是问具体情况的，你等我一会儿，我简单回一下。”育美熟练地摆弄着手机。

看到她发完了信息。秀人问：“你怎么说的？”

“我就说从东京来的朋友在这个雪场丢失了重要的泰迪熊。这么说最简单了。”

秀人的脸上有些发热。东京来的朋友——他对于育美这么介绍自己感到高兴。想着，他将残留在纸杯中的可乐和剩的冰块含入口中。

“呃……你喝什么？果汁？”

但是育美没有回答，只是看着手机画面，突然叫了一声，然后就接起了电话。

“是我，嗯……真的？哎，这样啊……嗯，嗯……昨天见到了川端君，不过他没说，果然还是对桃华有意思嘛……无所谓嘛，被人喜欢也是好事……不要这么说嘛，总之谢谢你了……嗯，我联系他一下试试。”挂断电话，育美转向秀人，“好像是川端君捡到了泰迪熊。”

“川端君就是那个做 Back Flip 的？”

“对对。”育美点头说。

“刚才给我打电话的是桃华，和我们都是同学，前天川端君对她说在这个雪场捡到了一个泰迪熊，还骄傲地说把泰迪熊给了一个小女孩。”

“说起来他穿的是茶色的滑雪服呢。”

“应该就是他，我给他打个电话。”

但是电话一直没有接通，育美板着脸收起手机。

“他没接吗？”

“嗯，川端君的电话用的是老式的，好像也看不到我的信息。”

“哎，现在还有人用那种手机呀！”

“那家伙是个我行我素的人。”育美又开始打电话，这次好像接通了。“啊，川端君？是我，山崎……呃，你没看到我的信息吧？……果然。你前天捡到了泰迪熊吧？……我听桃华说的……那种事无所谓嘛，就是那个泰迪熊……我也不太清楚详细情况，总之在哪捡到的很重要……不会生你的气的，你等一下……”育美将手机留在耳边，看向秀人，“要川端君怎么做？”

“让他去布谷鸟咖啡馆，我和我爸联系一下。”

育美点了点头，将信息传达给川端之后挂断了电话。

“他说马上就去布谷鸟。能找到真是太好了呢。”

“多谢。多亏了你。”

“没什么大不了的。——对了，我还要通知大家问题解决了。”育美又开始摆弄手机。

秀人也给和幸打了电话。一边打一边偷瞄育美的侧脸，心里想的是：没准又有机会和育美一起滑了。

35

川端健太怀着不安的情绪滑行着。不久之前他还像平常一样爽快地享受着滑雪的乐趣，可是自从接了山崎的电话后，思绪就变得很纷乱。

那个泰迪熊，果然是有其他的用途——这是他最在意的事。

两天前，在高野裕纪的说教下他放弃了那个泰迪熊，但是一想到可能会被其他人拿走他就很后悔，于是一个人又回到了那个地方。幸好泰迪熊还在那里挂着，健太将其放入口袋，又回到了雪道上。

他想把泰迪熊送给同学吉田桃华。他一边滑一边思考应该在什么场合送给她，又该说些什么。他想得很投入，全然忘了注意周围的情况。

斜面的中途有一个小小的坡面，挡住了前方，但是健太没有在意这些，还是利用这个坡面尝试了一个跳跃的动作。粉色的滑雪服进入视线已是他起身之后的事了。他心里大叫不妙，在空中拼命扭动身体，想着至少也要避免和对方的直接冲撞。

所幸健太成功地在空中避开了对方，但是却进入了对方的路线上，着地之后，他感到腹部一阵冲击，摔倒在了地上。

当然这纯粹是自作自受，但是对方的情况更让人担心。对方也摔倒在了地上，而且是一个小女孩。

健太急忙站起身，走向女孩："你没事吧？受伤了吗？"

女孩没有说话，似乎吓得有点发呆，脸色一片青白。

两个大人急忙赶过来，似乎是女孩的父母。健太有点慌了。

"怎么了？又撞上了吗？"穿着白色滑雪服的父亲生气地问女孩。可是她还是没有回答，嘴唇一阵颤抖。

"对不起，是我不好。"健太低下头道歉，"我没看清状况就跳跃，挡在了这孩子前面，不好意思。"

"受伤了吗？"孩子的母亲问。女孩说了什么，健太没有听清。

健太的脑海里充满了罪恶感和后悔。他的父母多次告诫他要在雪场注意周围的客人。一旦给人留下不好的回忆，那个人就有可能再也不来这里了。对于将雪场视为重要财产的当地居民来说，这是损人不利己的行为。

"有什么地方疼吗？真的对不起。"健太反复低头道歉。

"没问题吧？站起来。"

在父亲的催促下，女孩站了起来。看起来没有受什么伤，可是表情仍旧很僵硬。一定要想办法让她笑起来，健太想。

于是他从口袋里掏出那个泰迪熊，展示给女孩。

"给你这个，作为赔礼。"

女孩很意外，吃惊地抬头看向父母。

“不用这么客气。”父亲苦笑着说，“在这种地方彼此都应该互相体谅。”

“不，刚刚确实是我不好，所以请收下这个吧。”健太将泰迪熊递给女孩。

女孩不知如何是好。这时父亲说：“那你就收下吧，当作一个纪念。”

女孩犹豫着伸出手，接下泰迪熊。

“收到东西时要向人道谢。”母亲说。

女孩对健太说谢谢，终于露出了笑容。

那个泰迪熊——

果然还是不应该，健太很后悔。山崎育美说不会有人生他的气，但是是真的吗？至少不会得到表扬，毕竟他未经许可就拿走了别人有意挂在树上的泰迪熊。而且那棵树在禁止滑行的区域里。

不妙啊，他心想。脑海中只有要被人批评的预感。

还有一件让他郁闷的事。山崎育美说泰迪熊的事是从吉田桃华那里听到的。确实他只对吉田桃华说了这件事。山崎育美一定会认为自己还是喜欢吉田桃华，所以才只对她说出了这个秘密。确实如此，但是就这样被她看穿就没有意思了。作为健太来说，对吉田桃华的感情是想一直埋藏在心底的，却不知何时成了山崎育美拿来开玩笑的题材，真是一个感觉敏锐的家伙，健太一想起来就有些不爽。

想着这些时，健太到了新手斜面。他斜着滑过去，接近布谷鸟的招牌。

到了店门前，他摘下滑雪板，和滑雪杆一起放下，正要走入店里，旁边传来一句："你是板山中学的学生吗？"

是一个穿着格子花纹滑雪服的男人。看不出年龄，不过应该比健太的父亲要年轻一点，戴着墨镜和条纹图案的帽子。

健太回答说是后，那个人又小声问："难道就是找到泰迪熊的人吗？"

"是……"

男人听了之后用戴着手套的手拍了一下。

"太好了，原来是你啊。哎呀哎呀哎呀，见到你太好了。"

"他们让我去布谷鸟。"

"对对，来了就行。可是你做了很糟糕的事呢。"

"是指泰迪熊吗？"

"当然了。因为你，可引起了很大的麻烦。"

"对不起。"虽然有点莫名其妙，但健太还是决定先道歉。相反内心却充满了不满，山崎那家伙明明说不会有人生气的——

"不过算了，你还是先给我带路吧。"男人把手搭在健太肩上。

"带路？去哪？"

"那还用说，找到泰迪熊的地方啊，你还记得吧。"

"那个……记得。"

"那就走吧。噢，走之前要把手机关掉，我要使用电子器材，为了不产生影响。"

健太不明白他要干什么，但还是按他说的做了。

"那就快走吧。先要坐缆车吧？"

"第一缆车。"

"那边啊，够远的。"男人板起脸，"要去连接雪道吧？那就快点装上滑雪板，没时间了。"

被男人催促着，健太急忙装备上了滑雪板。

36

爽快感完全复苏了。追着画着优美弧线滑行的育美滑的快感让秀人再次领略到单板滑雪的乐趣。

通知大家泰迪熊一事已经解决后，育美说："我还是很担心，我们也去布谷鸟吧？"大人们所说的顺水推舟就是这么回事吧。对于秀人来说没有理由拒绝。他点点头，顺手拿起脱掉的滑雪服站起了身。

可是一边追着育美，秀人一边却很苦恼。泰迪熊的事情解决了，就意味着父亲的工作告一段落，也就是说自己今天或者明天就要回去了。而且育美的滑雪课也是到今天为止，不管怎么说，这样下去的话就永远见不到她了。虽然说还有可能利用网络，但是也仅限于此了。东京到长野，对于一个中学生来说这距离太远了，下次什么时候能来里泽温泉滑雪场完全是个未知数，这一季应该已经不可能了。

那该怎么办呢？存钱夏天来吗？可是自己能攒下那么多钱吗？而且这么做的话，育美不会觉得自己很逊吗？

还有更让人担心的问题——高野。现在秀人还不知道他的全名，但是很了解他的悲惨境遇，也很了解这件事让育美多么痛心。

秀人对高野的印象不是很深，但是就他的感觉来说，似乎长得很不错，体格也很健壮，声音颇为成熟。而且他和那个川端在一起滑，滑雪的技术肯定不输于他。

育美大概喜欢高野吧。如果只是同情的话倒还好，如果不是这样的话，那自己这样心焦岂不是白费？

秀人脑海里浮现出铃木和佐藤的脸。要和他们俩商量一下吗？不，那两个人的话还是算了吧。肯定光顾着插科打诨，而且很难指望他们给出有指导意义的建议，毕竟他们俩和班上的女生说话都紧张。

想着这些事的时候，秀人已经到了布谷鸟的门前。育美直奔门口，秀人沿着她留下的轨迹前行，心情很低落：你就这么急着去高野家的店啊。

到了店门前，秀人摘下滑板，跟着育美走进店内。和幸在角落里摆弄着手机的光景他已经看够了。桌子上摆着喝剩的啤酒和装有沾满番茄酱以及蜜汁芥末的法兰克福香肠的盘子。他大概是提前就开始庆祝了吧。

秀人走近和幸，叫了一声爸。

和幸看到秀人，高兴地叫了一声。

“你立了功了。这一次可立了大功了！感激不尽！”和幸说得像是战国武将一样，但是完全没有那种尊严。

“这倒不必了，问题解决了吗？”

“解决？那倒是还没有，毕竟最关键的人……是川端君吧？那孩子还没有出现。”和幸的视线越过秀人转移到育美身上，低下头说，“啊，是你帮忙的吧。多谢关照。”

“还没来？不对劲啊。”秀人看向育美。

育美也歪了歪头。

“好奇怪。川端君的话，应该早就到了。”

“哎？什么？怎么回事？”和幸战战兢兢地问。

“您一直在这里吗？没有去厕所什么的吗？”

没准儿是和幸离开座位时川端进来，发现没有人和他搭话就又去了别的地方，秀人想。

但是和幸连连摆手。

“接到秀人说有人捡到了泰迪熊的电话之后，我一步都没动，一直盯着门口，等着类似的人出现。”

“那他难道是顺道去了别的地方吗……”

秀人对育美说，育美也是一副不可思议的表情。

“山崎，怎么了？”不知从哪传来声音。

秀人向发出声音的方向看去，一个下身穿滑雪裤，上身穿黑色帽衫的青年站在一旁。从他的长相秀人乍看以为比自己年纪大，但是仔细看去原来是高野。

育美向他解释了事情经过后，高野也歪了歪头。

“我刚才也一直在这附近，没有看到健太。”

“是吗？好奇怪。他会去哪呢？”说着，育美向柜台那边瞥了一眼。

她以为站在那里的是阿姨，但是事实上却是高野的哥哥。

37

根津回到驻地，千晶已经先到了，向他打招呼。

“终于要解决了，真是花了不少时间。”

根津收到栗林的联系是在几分钟前。据说找到了拿走泰迪熊的中学生，约定在布谷鸟见面。根津马上电话通知了千晶。正好她刚从雪场下来，于是相约在驻地集合。

根津向牧田报告之后，带着雪地摩托车的钥匙走出来，将滑雪板和靴子放在车上时，千晶抱着滑板坐在了后排座上。

“你不用再来了。”

“为什么啊。”千晶生气地说，“都到这个地步了，就让我看到最后嘛。还是你想独占功劳？”

根津苦笑说：“那你抓紧了。”

根津发动引擎，开始行进。到布谷鸟几乎要斜穿雪场，根津二人在因为坡面平缓而费劲滑行的人群中快速前行。

接近第一缆车搭乘处时，旅游团的客人正在排队，果然到了周末还是很热闹。

就在经过那里不久时，千晶突然说:“啊，等一下。”

根津停下车问:“怎么了？”

她回头看向缆车搭乘处，然后轻轻摇了摇头。

“没什么，不好意思。”

可能是有认识的人吧，根津再次发动引擎前进。

不一会儿就到了布谷鸟。两个人走进店里，找到栗林。而且他的身旁还有两个年轻人，看起来像是中学生。

根津一开始以为其中的男生是发现泰迪熊的那一个，但是马上就发现不是那么回事。因为少年穿着靴子。

“哎呀哎呀，根津先生。”栗林笑着向他招手，“多谢多谢多谢，哎呀——这一次真是太感谢您了。发自内心的感谢。”

根津困惑地点了点头，又重新环视店内。

“呃，那个发现泰迪熊的中学生在哪？”

“啊，他还没有到。我先给你介绍。这家伙是我的儿子秀人。意思是优秀的人，不过好像经常有人说他名不副实——”

秀人抢过栗林的话，看着他说:“太奇怪了。发现泰迪熊的是一个叫川端君的学生，考虑到他的滑雪技术，现在还没到很奇怪。”

“电话呢？打了吗？”千晶问。

“打了，但是接不通。”秀人身旁的少女回答说。

确实很奇怪，根津想。难道他顺道去了哪吗？

这时千晶轻轻用手肘顶了顶他。

“刚才我看到了一个可疑的二人组。”

“哎？在哪？”

“就是来的路上，经过第一缆车搭乘处的时候，那两个人可能也是要乘坐缆车。”

“那个二人组怎么可疑了？”

“是一个中学生和一个大人的组合。可疑的是那个大人。最明显的是帽子。桑果色和土黄色的条纹组合，非常没有品位的设计。但是我见过那个帽子，根津先生，你还有印象吗？”

“桑果色和土黄色的条纹……”根津说着皱了皱眉，“说起来桑果色是什么样的颜色？”

“就是那个人戴的，昨天跟踪我们的那个。”千晶着急地握紧了拳。

啊，根津想起来了：“是那个穿着灰色滑雪服的男人。”

“对。但是刚才他穿的是格子图案的，可能是租来的。然后和他一起的人穿着焦茶色的。”

“是川端君。”女生说。

“怎么回事？那太奇怪了。”根津看向栗林，“您说那个人之前纠缠过您是吧？”

“嗯，莫名地对搜寻泰迪熊特别关心，我还觉得他是个很爱凑热闹的人……”

“如果不是单纯地喜欢凑热闹，而是一开始就打算抢走疫苗的话……”

“那可不好！”千晶说，“不快追的话……”

根津马上转身。现在驾驶雪地摩托车的话，还有可能追上他们，但是在门口他停住了。

“不知道他们去哪。坐了第一缆车之后，他们要去哪？”

这时，身后传来一句：“本庄儿玉第一雪道的附近。”说话的是一个身穿帽衫的年轻人。

原来是你，根津点头。这个人是这家店老板的二儿子，名字应该叫作高野裕纪。

“我知道泰迪熊之前在哪。”

“哎？你知道？为什么？”

“我和川端一起发现的。但是那时我和他说不要随便拿走，没想到川端那家伙之后又返回去了……”

“什么嘛，原来你就知道哇！”栗林大声说，“那你早点说多好。”

“我一直以为只是需要泰迪熊，和地点没有关系。”

高野的话完全在理，听说在寻找捡到泰迪熊的人，正常人都会这么想。

“能带我去那个地方吗？”根津说。

高野点头说：“我马上准备。”

根津走出布谷鸟，乘上雪地摩托车。不一会儿高野裕纪就抱着滑雪板出来了。

“根津先生，我也去。”千晶跑过来。

“坐不下。大体的位置你知道吧？你再赶过来。”说着根津就发动了雪地摩托车。

根津鸣响警报，以最快速度直奔目的地。感觉今天一天都在干这种事。

途中根津把大致的情况告诉了高野。他好像也从旁边听到了栗林他们的对话，并没有显得特别吃惊。

没多久就到了山顶附近。高野拍了拍根津的肩：“就是这附近。”

根津停下雪地摩托车，换上滑雪板。

“好，给我带路。”根津对高野说。

“但是要出雪道……”

“这我知道。都这时候了，今天就作为特例，走吧。”

高野点了点头，开始滑行。根津紧随其后。高野滑得很快，似乎是暗示根津他想要借势滑出雪道。

果然他上了一个高约一米的小坡，放低重心，穿过绳索，完全不在意茂密的树林。只有确信前面是粉状雪地带才会采取这种行为，虽然不值得夸奖，但是根津不得不感叹真不愧是土生土长的本地人。

根津跟着高野滑，不一会儿视野就豁然开朗，原来是从这里出去，根津明白了。他和千晶昨天开始在这一带搜索了很多次，但是终究还是错了。

“是哪棵树？”

高野耸耸肩，摊开了手。

“我记得就是在这一带……”

看来他记得不是太清了。确实这里的每一棵树都很相似。

“没办法。那就把所有的树底下都挖开吧。你也来帮忙，只是要小心。”

“明白了。”

根津试了几棵他觉得有可能的树。因为雪面没有被压过，所以轻易就能挖出几十厘米深的洞。但是反过来说埋在这种地方的可能性也很低。如果要是埋了什么东西，一定会用脚踩实的。

这时高野看着一棵树呼唤根津。

“我觉得是这棵树。”

“为什么？”

“看这里。”高野指向树干和人脸几乎平行的位置，“这里有一个钉子。泰迪熊应该就是挂在这个钉子上。”

根津仔细看去，确实如高野所说，否则还真是察觉不到。

根津马上试着挖了一下这棵树下，果然和别的地方的感触不同，明显被压实过。

挖着挖着手碰到了一个东西，把雪拂去一看，原来是一个装着粉末状东西的玻璃容器。

根津放下背包，从里面取出放置疫苗的容器。这是栗林交给他的。打开金属制的开关，里面又是一个塑料的盖子。根津打开塑料盖子，将玻璃容器放入其中。据说栗林交给他的容器带有缓冲材料，能抵抗一定程度的冲击。

关上两层盖子，根津正准备离开时，感到上方有人滑下，抬头一看，两个人正在接近。一个小个子的穿着茶色的滑雪服，另一个人穿着租来的格子花纹滑雪服，头上戴着品位低下的条纹图案帽子。

是千晶说的那两个人。

“麻烦了。竟然被抢先了。”戴着条纹帽子的男人滑到根津身边说，“得和雪场的社长说说，团体游客要坐缆车得排在其他客人后面，耽误了我多少时间。”

“你是谁？这里禁止滑行。”

男人呸了一口。

“禁止滑行个屁。你先把你手上的东西给我。”声音里明显有威胁的成分。

“你在说什么，你到底是什么人？”

“都说了不关你的事。快点给我！”

“怎么可能给你。这是很重要的东西。”

“那宝贝对我也很重要。不快点给我你会后悔的！”

“后什么悔？你才是，快点回雪道。”

“大叔，”身穿茶色滑雪服的少年回头看着男人说，“你这是在干什么？这是什么呀？”

“啊，现在就告诉你。”

男人摘下滑雪板，又放下滑雪杆，然后狠狠地推了一把面前满脸迷惑的少年。少年一下摔了个四脚朝天。男人骑在少年身上，少年的脸痛苦地扭曲着。

“你要干什么？”根津怒喝道。

男人露出冷酷的笑容，从口袋里掏出了什么。根津不由得吃了一惊，原来是一把匕首。

男人将匕首放在少年的脖子上。

“嘿，你要怎么办？”男人问。

“等一下，不要胡来！”

“我可不是威胁你，你要不听我的，这小子的命就没了。”

男人戴着墨镜，看不清他的眼神，但是确实浑身散发着发狂的味道。如果违抗他的话，他很有可能会下狠手。

“喂，快点！这家伙的命你不要了吗？”

根津的耳边传来少年的呻吟，似乎已经没有其他选择了。

“……好吧，我该怎么办？”

“早说不就得了。首先你把拿着的东西放在那边，轻轻地。要是有什么奇怪的举动，我就要了这小子的命。”

根津弯下腰，将容器放在雪面上。

“OK，OK。一开始就这么听话多好，浪费老子时间。接着是卸下滑雪板。喂，后面的臭小子，你也是。”

根津卸下滑雪板，身后的高野也只能照办。

“好，接着从那里走着下去，直到我说停。”

高野在根津身旁小声说：“他要干什么？”

“只能照他说的做了。”根津向斜面下方走去。厚实的靴子陷在雪里，很难走。

走了大约二十多米的时候回头看去，男人正在调整背包，似乎已经拿走了容器。刚才被推倒的少年在几米外，果然也被命令走远了。

既然少年被放了，就没有必要再听那个男人的话了。发现这一点时，那个男人已经手持滑雪杆滑走了。

就在这时，上方闪出一个人影，势头很猛地滑了过来。是千晶。

“怎么了？”千晶大声问。

“容器被抢走了。”根津大声回答，“是戴着条纹帽子的男人！”

“知道了！”千晶说着横穿过斜面。

38

折口心情愉快地滑着。那个巡逻队员重新装备好滑雪板至少还要十分钟，因为他把那个人的滑雪板分别扔到了不同的地方，等他滑出的时候，自己已经到山麓了。如果马上开车走的话，肯定不会被追上。租来的衣服随便扔了就可以，反正是用伪造的身份租的。

过程比想象的还轻松，折口不禁对自己很满意。宝贝就这么到手了，虽然不知道能变成多少钱，但是这一次那个苛刻的真奈美也一定会很满意吧。

折口轻快地滑着，开始思考今晚到哪去喝一杯庆功酒。脑海中浮现出几个六本木附近他熟悉的陪酒小姐的脸。要开一瓶香槟吗？这一阵子都没去，她们一定会很吃惊吧。到底怎么了？你发了一笔横财吗？可能会被她们问个不停。毕竟那帮家伙对金钱很敏感，一定会对我百般讨好吧。一想起这些，折口的嘴边不禁浮现出微笑。

要借着这个机会搞定那个女人吗？正在折口脑海中浮现出他

一直盯着的一个陪酒小姐时，感到背后有点不对劲。回头看过去，吓了一跳。一个人正以飞快的速度接近自己。发现那人明显就是冲着自己来的并不需要多长时间。折口对那个人的滑雪服有印象，是和刚才那个巡逻队员一起行动的女人。

折口将滑雪杆刺向雪面，开始加速，放低重心，心里想着，怎么能让一个小女生追上。

可是就在他以为已经成功甩开了那个女人的瞬间，突然背后被什么东西拉住了。他回头看向左后方，大吃一惊。那个女人抓住了他的背包。

“王八蛋，你要干什么！”

“停下！停下！”女人叫道，“你这个小偷！”

“少废话！”

折口甩开女人的手，但是女人还是穷追不舍，于是折口用左手的滑雪杆向她挥去，没想到反倒被她抓住了。

“浑蛋，放手！”

“才不放，恶心的桑果色。”女人嘴里说着意义不明的话。

折口使劲想要拉回滑雪杆，但是女人用两只手紧紧抓住，完全不肯放手，反倒是折口差点失去平衡。

折口没办法只能松开左手，没想到那个女人竟然拿起滑雪杆就打向折口。差一点就打在了脸上，实在是一个暴力的女人。

“你干什么！”

折口怒吼道。结果只换来了第二轮攻击，折口急忙闪过。

对手在自己的左侧，折口将右手的滑雪杆换到左手迎战，上演了一场雪上滑行对决。当当当，当当当！金属碰撞的声音响彻雪场，其他的滑雪爱好者纷纷好奇地看向这边，但是现在已经顾不得那许多了。

不过这女人真是难缠，完全没有退缩的样子。

这时折口突然注意到，对手是单板，左脚在前滑行，所以在折口的左侧。如果是右侧的话，就会背对折口。

折口小心地减缓速度，果然如他所料，女人向前突出。抓住这个空当，折口向左转，这样一来就转到了女人的身后。

“哈哈哈，活该！”

折口正在得意，接着就看傻了眼。刚才还背对着自己的女人竟然轻轻一跳转向了自己，右脚在前滑行，那个身姿和刚才几乎完全一样，就像在照镜子，这女人太灵活了。

但是现在不是感慨的时候，女人又开始挥舞滑雪杆。折口拼命抵抗。当当当，当当当，两根滑雪杆在空中剧烈碰撞。

终于折口的滑雪杆裂成了两半，折口叫骂着将手里剩下的半截扔向对方，不过没有击中。

折口怒了，把整个身体撞向了女人。事已至此，只能将她撞飞了。

不过对手却完全没有退缩，竟然说出了“怎么着，要打架啊”这样完全不像女人说的话来，还弯下身来摆好架势想要冲过来。真是个刚强的女人。

高速滑行中两人相撞了两三次，就在马上又要撞上的时候，女人伸出了滑雪杆，笔直地击中了折口的股间。剧烈的疼痛直冲折口的头顶，他不由得倒在了雪地上。

折口忍住疼痛站起身，没想到那女人已经在十多米前叉着腰挡住了自己的去路。

“你有完没完！”折口怒吼道，“和男人打架，以为你能赢吗？”

女人张开双手说：“在雪地上我可不会输给你。”

看来自己完全被人看扁了，但是回想一下刚才的经历，折口也明白她说的也不全是夸张。

两人对视了一会儿，但是这样下去也不是办法，折口开始滑行。女人也露出明显的竞争心理，追着滑了上来。

但是折口不想和她肉搏，因为她手里有滑雪杆，只要接近一点，她就会挥舞过来。

这样下去不妙，折口想。一定要在哪把她甩掉。

折口决定放手一搏，飞出了雪道。果然女人也追了上来。正中折口的下怀。

坡度逐渐减小，变得无法滑行，这正是折口的目的。他带着滑雪板，开始斜着跑起来。而那个女人却很吃力，因为单板滑雪的话，一旦停下来的话不将滑板卸下是无法动弹的。

“哈哈哈，活该！”折口大声说出了和刚才一样的台词。

他回到雪道，开始滑行。但是没想到马上又被人拽住了背包。他一大意，右背带滑了下去。左背带也要滑下的时候他赶紧抓住。回头一看，是刚才那个巡逻队员在背后拽着自己。

“喂，放开！”

“你才是！”

两个人保持互相争夺背包的状态继续滑行。这样下去就会到达山麓地带，在人多的地方闹起来的话就麻烦了。

折口一咬牙拿左肩向对方撞去。巡逻队员身体失去平衡摔了下去，但还是紧握着背包不放手，折口也被他拉了过去。

两个人摔倒在了一起，折口本以为会借势摔出雪道，结果两个人在雪地上转起了圈，上下左右都已分辨不清了。

回过神来折口已趴在雪地上，感觉左手被人拉住。

身旁的雪面坍开，巡逻队员马上就要滑落下去。因为他拉住了背包，才没有彻底掉下去。而背包的另一边就在折口手里。

“浑蛋，放开！”折口晃动背包，但是对方还是不撒手，反倒是折口的手已经麻了。而且由于对方体重的原因，自己也被拉了过去。

远处传来警笛的声音，可能是其他的巡逻队员，在这里被发现的话会很麻烦。

折口咂了咂舌，放开了背包。巡逻队员顺势掉了下去。

“就等着被雪埋上吧！”

两只脚上的滑雪板都已经掉落，折口急忙装备上，开始滑行。等到他发现自己的墨镜不见了的时候，已经是他回到雪道上之后的事了。

39

头上传来叫声，根津抬头看去，是牧田正探出身子向这边看。“没事吧？”他用两只手围在嘴边大声问。根津向他挥了挥手，点头回应。

真是千钧一发，根津现在在的地方似乎马上就要坍塌，如果再继续滑下去的话，很有可能会掉进池子里。

牧田消失了一会儿后，扔下来一根黑色的缆绳。

借用雪地摩托车的牵引，根津总算回到了雪道上。千晶也来到近旁，她的身边还有两个中学生。

“没受伤吧？”牧田问。

“没有，为什么牧田队长会……”

“我接到举报，说有人在雪道上一边滑行一边打架，没想到原来是你们。”

“抱歉，发生了很多事。”

根津把大致的情况和牧田讲了。内容太过离奇，牧田瞪大了眼睛。

“还有这种事，真是太辛苦你了。不过没有受伤就最好了。呃，那个格子图案滑雪服，帽子的颜色是……”

“桑果色和土黄色的条纹。”千晶说，“看了一次就再也忘不了的奇怪颜色，很显眼。”

“知道了。我通知大家注意这样的人。”

牧田跨上雪地摩托车走了。

“让条纹帽子跑了真不甘心。”千晶说。

“那个人就交给警察吧。这个背包是他的，可能会从里面发现什么。”根津看向高野裕纪和川端，“你们没有受伤真是太好了，真是个灾难啊。”

“那个死大叔，竟敢骗我。”川端少年气得吊着眼睛说，“下次让我看到，绝对不会饶了他，一定打他个半死！”

千晶轻声笑了：“看你还能这么逞强我就放心了。”

“你们接下来要去哪？”根津问两个学生。

“快要到集合时间了，我们要过去了。”高野回答说。

“好，路上小心。要是看到刚才那个男人记得联系我们。”说着根津看向川端，“你可能想报仇，但是不要接近那个人。”

“嘁，真没办法。”川端不服气地说。

两个中学生就这样滑走了。

“我们也走吧，栗林先生还在等着。”

根津装上滚落在一旁的滑雪板，和千晶一起滑起来。

到了布谷鸟门前，发现入口的门上挂着准备中的牌子。距离打烊应该还有一段时间，根津不解地打开了门。

里面还是刚才那些人。一进门的位置是布谷鸟的店长和他的妻子，以及一个年轻人。根津对他也很熟悉，是高野裕纪的哥哥，高野诚也，在滑雪比赛上多次获胜，在这个村子里很有名。

看到根津二人进来，大家的视线都集中到了他们身上。

“为什么是准备中呢？”根津问店长高野。

“啊，听诚也说好像有点麻烦事，我们家的裕纪也牵涉进去了，于是就想在彻底搞清楚之前先不开店……”

“这样啊，但是请放心，您儿子没有事。”

高野的常年因雪反射阳光而被晒黑的脸上浮现出暧昧的表情，可能是因为他对于发生了什么，怎么就没有事了完全不理解吧。

栗林从座位上叫根津道：“根津先生，怎么样了？”

“您会高兴的，虽然发生了很多事，但是我们总算是把疫苗抢回来了。”

栗林皱着眉说：“抢回来？”

根津详细说明了和那个男人之间的争夺战。说到川端少年被那个人用刀架着脖子时，所有人都为之一惊。

“那么严重……简直像好莱坞的电影一样。”

“啊，也没有那么夸张……”

“总之还是太感谢你了。如果没有你们，我完全不知道该怎么办。”栗林掏出手帕擦了擦额头。他是真的急出了汗。

“那个男人是谁呢？栗林先生您真的不知道吗？”

栗林摇了摇头：“完全不知道。”

“那他为什么要抢夺疫苗呢，是研究所的竞争对手吗？”

“不，我觉得那不可能。”

“为什么？”

“为什么……”栗林结巴了一下，“总之，我觉得不存在这样的对手，因为，我们是在极度保密的情况下开发的。”

“……这样啊。”

虽然大家并不是很信服，但是既然专家都这么说了，也只能相信了。

“然后最关键的东西呢？”栗林问。

在这里。根津说着打开背包，不知道为什么里面是一个食品用的密闭容器。那个男人可能是准备挖出疫苗后放进这里。

然后是那个收纳容器，根津握住它的把手，提了起来。

就在他将容器递给栗林时，盖子上的开关开了，容器啪的一声打开，翻了过去，里面的塑料容器开关也顺势开了。

装在里面的玻璃容器咕噜一声滚了出来。

还没来得及有人发出吃惊的声音，在众目睽睽之下，玻璃容器掉在了地上。“咔嚓”一声脆响，碎了一地。同时一些细粉飘散在空中，这一切在根津眼里好像慢动作一样。

瞬间所有人都僵住了，没有一个人发出声音，只是呆呆地看着地上的粉末。

发出“哇”的一声叫喊的是栗林。他拖着疼痛的腿离开桌子。

“快憋住呼吸！不能吸气！快跑，快点跑！”他用近乎悲鸣的声音叫喊着。

但是没有一个人听他的话，大家只是哑然地看着他。

“你们在干什么！快点跑，会死人的，大家都会死的。秀人，快跑，快点！”栗林脚上绊了一跤，摔在地上。

秀人蹲在地上，捡起了一点地上的粉末。

“哇——你在干什么，不能碰！快躲开，快点躲开去消毒！”

但是秀人只是冷眼地看着激动的父亲说：“这是胡椒粉哦。”

“你在说什么，死小子，那是生化武器，不能碰！”

根津也捡起一点粉末，闻了一下味道说：“嗯，确实是胡椒粉。”

千晶也同样闻了闻说：“啊，真的。”

根津看向坐在地上的栗林，他正张着嘴，不停地眨着眼睛。“胡椒粉？”从他嘴里传出微弱的声音。

栗林爬过去，亲自闻了闻粉末的味道，皱起了眉。

“什么嘛，这不是胡椒粉吗？为什么会这样？为什么把这个拿来？怎么回事？”也不知他在对着谁喊。

“不为什么，我们只是把埋在那里的东西拿来而已。”根津说。

“不对，不是这个，是白色的粉末。”

“是吗？那倒是很奇怪呢。但是在那之前有更奇怪的事。”根津抓住栗林的肩膀，“你骗了我们吧？你之前说雪底下埋的是用来救命的疫苗对吧？”

栗林脸上闪过怯色，眼看着脸就绿了：“啊，不，那那那个……”

“请说实话，如果不是我听错了，你刚才说了一个很可怕的词，生化武器什么的，那是怎么回事？”

在大家的注视下，栗林嘴唇颤抖着，终于开口说了对不起。说着就要下跪，但是马上就疼得直叫唤。

“没必要下跪，请把真实的情况告诉我们。”

“是，我说，我说，我全说。”

栗林一边用手帕擦着额头的汗一边讲述的内容让人十分震惊。虽然和之前说的疫苗的事很相近，但是性质上完全不同。在雪地里埋着的竟然是强力的病原菌。而且加工成了超微粒子，一旦扩散到空气中，就会带来严重的危害。

“为什么要把那么危险的东西埋在这个雪场……你对里泽温泉村有什么怨恨吗？”根津带着怒气质问栗林。

“这个只有去问犯人才能知道……不过他已经死了……”栗林用几乎听不到的声音说，低下了头。

“可是还是很奇怪，就算你刚刚说的是真相，那生化武器去了哪里？或者说——”根津看着散落在地上的胡椒粉，“为什么这些东西会被埋在雪里？”

“可能是有人调了包。”千晶说。

“谁？”

“不知道。”她摇了摇头，“应该是知道东西被埋在那里的人。”

“知道的只有三个人。犯人和两个学生。可是犯人已经死了。”

“不可能是穿茶色滑雪服的那个，他被那个男人骗得带了路。”

“也就是说……”

“打扰一下。”根津身后传来一个声音，是高野诚也。他将地上的玻璃碎片捡起。

“怎么了？”根津问。

诚也看向自己的父母。

“这是爸喝的维他命剂的瓶子，是放在厨房里的那个。”

“什么？”高野瞪大了眼睛，“为什么会这样……”

诚也将视线转向栗林。

“刚才的病原菌的事情，我弟弟有知道的可能性吗？”

“哎？啊，我觉得不是太可能。”栗林想了想说。

“真的吗？请仔细想想，您没有在哪里说出去过吗？”

“不会说出去的呀，说出口刚才是第一——”说到这，栗林突然张大了嘴，“啊啊啊”地叫了起来。

“怎么了？”根津问，“说过吗？”

“我在和上司打电话的时候，可能说出了病原菌的事。那时我在这家店的后面，打完电话，感觉后门关上了，一瞬间以为是有人在偷听……”

根津看了看诚也和他的父母：“你们有印象吗？”

三个人都摇了摇头。

“没错。那个时候偷听的就是裕纪君。”根津对诚也说，“他知道埋在雪地下的是什么东西。他给我带路去泰迪熊的所在，是为了抢夺病原菌。说起来他在那里说无法特定是哪棵树，然后我就去挖了几棵树的树下，他就是在那时候调包的。”

“但是为什么他要偷那种东西？”千晶问。

根津摇了摇头。

“我来说明理由吧。”诚也说，“可能弟弟是想让我母亲能够接受。”

“让我？”高野妈妈吃惊地皱着眉头，“什么意思？”

“妈因为望美去世的事，现在还心事难平吧。裕纪实在看不下去了。”

“望美是前些日子去世的？”根津问。他听人说过这件事。

“是我妹妹，两个月前去世了。本来心脏就很弱，因为流感而病情恶化了。那次流感也曾在裕纪的学校传播。”

原来还有这么复杂的内情，根津表示理解。

“我什么也没有说啊。”高野妈妈否定说。

“说了啊，什么望美明明被传染才死的，传染给她的人却高高兴兴地活着，看不下去这个什么的。”

“那是事实，没有办法呀，要是望美也像那样快乐地玩着该有多好，我这么想不行吗？”高野妈妈的声音哽咽，应该是在强忍眼泪吧。

“对听到这话的人来说，可不是这样。会让传染给望美的裕纪的同学觉得你在恨他们。”

“怎么可能会恨他们呢？”

“但是裕纪就是这样觉得。将流感传染给望美的就是他。所以他很自责，总想着要向您道歉。之前他曾对我说过，要是他们班里再发一次流感，死了一两个人的话，妈妈就会想开了。我虽然对他说不要说蠢话，但那小子是认真的。”说着，诚也看向根津，“弟弟偷走病原菌的理由我觉得就是这个。”

“也就是说，利用这个让班级同学生病吗？”

诚也点了点头。

根津觉得完全有可能，中学二年级正是敏感的时期。

他打算怎么处理病原菌呢？据栗林所说，只要扩散在空气中就会带来伤害，但是高野裕纪知道这些吗？

根津看向秀人身边的少女：“你是板山中学的学生？”

“是的。”

少女自称山崎育美。

“你们今天接下来有什么安排？”

“今天是自由滑行时间。一会儿在大巴车的停车场集合，喝完肉汤之后回学校。”她看着手机说，“快要到集合时间了，我也该走了。”

“肉汤？”

“同学们的妈妈做的。在停车场放上一口大锅……是我们学校的惯例。”

根津打了一个响指，指着山崎育美：“就是这个。高野是要把病原菌撒进大锅里。栗林先生，要是这么做的话会怎样？”

“病原菌撒进锅里？太胡来了。”

“我在问您这样胡来会怎样。”

“那个，呃……”栗林为了冷静下来，重新戴好眼镜，“如果肉汤是煮开的话，撒进去的病原菌可能会死亡。”

“啊，这样啊。”

“但是问题不在这里。我之前说过很多次了，K-55 不是普通的病原菌，是经过超微粒子加工的生化武器，打开容器盖子的瞬间，就会扩散到空气中。只要吸进去一点就完了，不只是吸入的人，周围的人也几乎都会发病。而且很可能就没救了。”

根津深呼了一口气站起身说："若不快点的话……"

"我也去。"诚也说着看向母亲，"我把裕纪带回来，您和他好好说一下。"

高野妈妈点了点头说："知道了。你去吧。"

"呃，K-55 的容器非常脆弱。"栗林说，"超过摄氏十度就会坏掉。千万注意不要超过那个温度。"

根津起了一身鸡皮疙瘩。高野裕纪如何携带容器目前并不知晓，没准已经迟了。

"有干冰袋吗？"根津问向诚也。

"呃，这个……"

"在保温箱里放上冷冻食品带过去。"高野爸爸说。

诚也表示明白，消失在厨房。

根津手里拿着收纳容器。开关已经坏掉了，根津拜托高野妈妈拿来胶布。

诚也带着保温箱回来，已经戴好了帽子和护目镜。根津也急忙做好准备。

走出店门，根津和诚也、山崎育美一起装备滑雪板时，千晶也在一旁安装滑板。就算让她不要来也没用吧。于是根津默默地开始滑行。

到了驻地，几个人乘上面包车出发。没有时间换鞋了，根津就这样脱下滑雪靴光着脚踩着刹车和油门。

到了大巴车停车场，中学生已经开始集合。但是好在还没有发放肉汤，也没有人拿着碗。

停下面包车，根津和另外三个人一起寻找高野裕纪。

“在那里！”山崎育美说。

高野裕纪在大锅附近，似乎在寻找撒入病原菌的时机一般看着正在做汤的主妇们。

接近之后，诚也从后面高声叫他。

高野裕纪回头一看，吃了一惊，突然跑了起来，可能是觉得自己的行为暴露了。

穿着靴子追很费劲，不过所幸高野裕纪逃到了死路上，他背靠着墙，脸上一副心有不甘的表情。

“把你偷走的东西还回来，裕纪。那东西好像很危险。”诚也说。

“我没偷东西。”

“那你为什么要跑？我们都知道了，你就放弃吧。”

“我不知道，我什么都没做。”裕纪激动地摇晃着身体。一瞬根津看到他滑雪服的口袋里有什么东西要滑出——一个白色的筒状的东西。

根津打了一个冷战，那个东西要是掉下来就万事休矣。

“听好了，裕纪，你完全不理解妈妈的心情。”

“不可能。我很理解，非常理解。”

裕纪一动，那白色的筒状物就在滑雪服的口袋里进进出出。根津很想一口气扑过去，但是又担心会把那个东西碰掉。

“不，你不理解。总之你现在和我一起回店里，听一下妈妈的话。”

“不要。我不想听她的话。”白色筒状物马上就要掉下来了。“肯定又因为望美的事跟我哭个不停。”白色筒状物缩回去了。“哥你才是什么都不懂。”白色筒状物又掉出来了。

“你给我适可而止！”诚也再也忍不下去，一把抓住了弟弟的手腕，他似乎没有看到那个白色的筒状物。

裕纪想要挣脱哥哥时，白色的筒状物刺溜一下从口袋里滑了出来。

根津扑向高野裕纪的脚边。又是一段慢放录像一般，白色的筒状物旋转着落向地面，根津拼命伸长手臂。

数秒后，传来千晶跳起来拍手的声音：“接得好！太厉害了！”

根津看向自己的右手，手里正握着一个玻璃制的圆形容器，容器里面装着的是像雪一样白的粉末。

“诚也君，把保温箱拿过来。”根津躺在地面上说。下巴似乎被刮破了，但是完全感觉不到疼痛。

40

小心翼翼地关上收纳容器之后，栗林闭上了眼，心中充满了感激之情。睁开眼之后，他大大地呼了一口气。

“哎呀呀，真是帮了大忙了。总算是没出问题，我真心感谢你们。”

“是这个东西没错吧？”根津确认道。

“没错。这样终于可以高枕无忧了。”说着，栗林用放在旁边的透明胶带固定了收纳容器，“秀人，把这个放进保温箱里。虽然有隔热材料，但是还是小心为上。”

秀人接过收纳容器，放到脚边的保温箱里。保温箱里装满了代替制冷剂的冷冻香肠。

“怎么运回东京呢？”根津问。

“一会儿就会有我的部下过来。他应该会带来具有制冷功能的包装箱，装进里面就可以带回去了。”

“原来如此。”

总之这边算是解决了，问题是——根津看向身旁的高野一家。

“真是，竟然做这种蠢事。你知道自己干了什么吗？要是有一点差错，就会造成巨大的损失。”店长高野抱着胳膊斥责裕纪。裕纪在他面前深深低下了头。

据裕纪所说，他果然是偷听了栗林的电话，听到病原菌的字眼，不知不觉地就想到了食物中毒。于是就想到了放入肉汤中让同学中毒的主意。不过他完全没想到会是武器级别的强力病原菌，更没想到可能会出现死者。

“爸，差不多就这样吧。”在一旁的诚也劝道。

“不行，要是有人死了，这小子就是杀人犯了，就要判死刑了。”

“所以说裕纪不是都说了他不知道是那么强力的东西嘛。”

“你在说什么？想要让人食物中毒也是重罪。喂，裕纪，你要是被警察抓起来我也不管，你知道吗？”

裕纪沉默不语，根津能感到他的嘴唇在微微发抖。

“孩子他爸，”高野妈妈从旁插话说，“你就原谅他吧。”

“怎么连你也这么说。”

“毕竟裕纪做出这种事都是因为我。”

高野像是被噎住了一样说不出话，一脸不情愿地闭上了嘴。

高野妈妈看着自己的二儿子。

“妈妈真的觉得对不起你。诚也提醒我我才明白。我一直不知道裕纪你原来这么痛苦。”高野妈妈的语气很淡然，“但是你要相信我，妈妈一点也没有怨恨板山中学的学生。虽然很不甘，为什么只有我的女儿有这样的遭遇，但是看到痊愈的孩子我还是会替他们高兴，会觉得没有像望美那样真是太好了。这不是谎话。”

可是裕纪还是不说话，只是低着头。

“喂，你倒是说话啊。”高野父亲有点急了，高野妈妈连忙劝他不要急。

“可是……”裕纪低着头小声说，“听说我们要上滑雪课，您不是马上就身体不舒服了吗？之前你也说看到板山中学的学生就会想到望美，不是还哭了吗？”

高野妈妈表情苦涩地眯起眼，点了点头。

“我说了多余的话啊。我道歉。妈妈也要加油。”

“我的朋友都很怕您。”

“害怕？为什么？”

“说是你看他们的眼神很冷淡，所以都不来店里了。”裕纪小声说。

高野妈妈叹了口气。

“这我也要反省。我是抱着和平常一样的心情接待他们的，但是果然还是有心情的原因。我总是想着要装出平常的样子，要忘掉望美的事，可能就表现得很不自然。我今后注意。对不起了。”

裕纪终于抬起头，看向妈妈。

“还有人说您要向板山中学的学生复仇。”

“我怎么可能会去想这种事。听着，裕纪，这一点你一定要明白。自己遇到不幸时，要是想着让别人也不幸就好了的话，那是不配做人的。反而要希望别人连自己的那一份幸福也一起享受才对，这样的话别人的幸福也一定会流转到你自己身上。当有别人遇到不幸时，其他人应该想的是，注意自己不重蹈覆辙，努力制造幸福，让幸福也降临到那个可怜的人身上。妈妈就是这么想的。希望你能相信。望美的事虽然很痛苦，但是我还照常来店里是因为想给别人带来一些快乐。这就是我现在力所能及的事。你能明白吗？”

裕纪沉默了一会儿后点了点头，小声说：“我明白了。”

“你小子要信任自己的母亲啊。”诚也说。

裕纪没有说话，擤了一下鼻子。一滴眼泪落到地上，他用手擦了擦眼后又小声地说了一句对不起。

“你要是明白了的话，就再正式向人家道谢。人家可是把你从成为罪犯的路上救回来了。”

被父亲提醒后，裕纪转向根津他们：“实在对不起，给你们添麻烦了。”说着，深深地低下了头。

“没事，你们家里人能解开误会最好不过了。”根津说。

千晶递给裕纪纸巾，裕纪接过后表示感谢。

“你小子好好努力吧，有这么好的朋友。”高野父亲说，“小育美连续三天都来店里，一定是很担心你吧。”

裕纪用纸巾擤了一下鼻子后说：“我觉得不是。”

“为什么？”

“那家伙来这里是因为他喜欢我哥，在这里能见到我哥。就算见不到，还能看到好多哥参加比赛的照片。”

高野父亲完全没有想到，看着站在一旁的长子：“是吗？”

诚也歪了歪头：“我倒是收过她的粉丝信。”

高野父亲脸上露出复杂的表情。

“算了，这事就算解决了。裕纪，你赶紧回去吧。诚也你也陪他去。”高野父亲转身面向根津他们，“我们就在里面，有事的话请随时找我们。这一次真的给你添麻烦了。”

“你们一家能加深感情最好不过了。”

听了根津的话，高野父亲不好意思地笑了，高野母亲也露出放心的表情。

高野一家走了之后，店里只剩下了根津他们。栗林摆弄着手机，千晶呆坐着。只有秀人一副黯然失神的样子。

根津对栗林说：“我可以提一个建议吗？”

“建议？啊，你说。”栗林收起手机，坐直了身子。

“你之前说这次不会报警，是吧？关于这一点你可以重新考虑一下吗？”

大概完全没有想到根津会这么说，眼镜后栗林的眼神有些动摇。愣了一会儿，他连忙摇手说不行。

“但是，这样一种可怕的生化武器的存在不对外界公开不会成为问题吗？还有社会责任的问题吧？”

“所以说 K-55 我们会负责任进行管理。”

“但是事实上不是被偷出来了吗？而且让一个村子差点面临全灭的危机，不是吗？”

“这我知道。所以我们今后会更加严格地管理，绝对不会再出现这样的情况。”

“绝对这种话我没有办法相信。应该全都公开。其实你也是这么想的吧？”

栗林无言以对，脸上充满苦闷的表情。很明显，他也在烦恼。

这时，入口的门开了，走进来一个四十多岁的女人，很瘦，几乎没有化妆。

“那个，听说栗林先生在这里……”

“啊，”栗林叫道，“折口君，是你来了吗？”

被叫作折口的女人表情毫无变化地走过来。

“是所长让我来的，让您久等了。听说您受伤了，没有问题吗？”

“啊，算是吧。但是今天好像不能开车了。你应该已经听说了，有一个东西需要你运送。你带了什么容器来吗？”

“这个可以吗？”折口展示给栗林一个手提金库似的东西，“里面有制冷剂，到东京应该足够了。”

“太好了，秀人，把那个收纳容器拿来。”

“栗林先生，请你听我的话。”

栗林伸手拦住根津：“我很感谢你们，怎么感谢你们都不过分。但是我也只是组织里的人，不能反抗领导的命令。对不起。”

“你就这么看重现在的地位吗？以你的能力，在哪里都能找到工作不是吗？”

栗林泛出无力的苦笑：“不是那么简单的呀。”

“栗林先生……”

千晶在一旁拍了拍根津的肩说：“算了吧，栗林先生也有他自己的生活。”

栗林苦涩地鞠了一躬之后催促秀人说：“秀人，快把容器拿来。”

接过秀人递过来的收纳容器，栗林一瘸一拐地走到折口面前：

“拜托。开关坏了，打开的时候一定小心。”

“确实收到了，”折口说着将收纳容器放入手提箱中，“那我这就告辞了。”

“嗯，路上小心。”

折口对着大家行了一礼后转身走出店门。

栗林坐在身旁的椅子上，长长地呼了一口气。在根津看来，他似乎整个人瘦了一圈。

41

走出滑雪场的停车场，正在开往高速公路入口的路上电话响了。真奈美一只手握着方向盘，另一只手操作手机。来电的是她那蠢弟弟。

“什么事？”

“什么什么事啊，我费了那么大劲。”

“你费了大劲得到了什么？宝贝被抢走了，连自己的背包都被抢走了，笨死了。”

“那你那边怎么样了？”

真奈美哼了一声：“宝贝就在副驾驶座位上。我现在路上，准备今晚开瓶香槟庆祝一下。”

“有两下子啊。请一定让我给你助兴。”

“少废话。像你这样的扫把星在我身边的话，好不容易得来的运气都要跑了。”

“不能这么说嘛，你还真没少使唤我呢。”

“一点成果都没有，少在那说大话。总之你先躲起来一段时间，你那被抢走的背包上应该沾满了指纹吧？你还说你把刀架在学生的脖子上威胁他们了吧？万一被报警的了话，很容易就会被抓住了，而且你还有前科。”

“那老姐你准备怎么办？大学方面也有可能告你呀。”

“大学里的那帮废物不可能有这个胆量，要是能告他们早就报警了。就算被他们告了也无所谓，那时我已经不在日本了。”

“你要去外国吗？”

“对。差不多找到宝贝的买家了，之后我就将踏上第二次人生了。”

电话里传来一声叹息。

“拜托了，就给我分一点吧。现在我连藏身都做不到。”

“我才不管那么多。你自己想办法。”

像唱歌一样说完，真奈美挂断了电话。之后折口又打来了好多次，但是都被真奈美无视了。

不知是否是压到了石头，车子颠簸了一下，差点把放在副驾驶座位上的容器晃掉。好危险！据栗林所说，密闭容器的开关似乎坏了，要是不小心弄开了盖子，装有 K-55 的容器掉出来的话就糟了。据说那个玻璃容器很容易就会破损。

已经让买家准备好了生化安全等级为四的研究室。打开密闭容器要等进到里面之后，如果在没有任何防备措施的时候打开的话，要是里面的玻璃容器坏掉的话就完蛋了。

高速公路的入口近在眼前。在真奈美看来，那仿佛是通往新世界的大门。

42

“哎呀，真是做得太好了！我就觉得要是你的话一定能办到。果然没有辜负我。嗯嗯，真的太好了。”电话对面，东乡的情绪很高涨。

“我也彻底放心了。事情没有闹大，真的太好了。有一段时间我真的不知道该怎么办好了。”

“我也有点不知所措了。但是总之解决了。你们明天就回来了吧？最后一天好好放松一下吧。请你儿子吃点好吃的怎么样？”东乡哇哈哈地放声高笑。

“非常感谢。但是折口君应该马上就要到了。”

“嗯，虽然说解决了，但是不亲眼看到还是不能放心啊。”

“您选她来运送，我真有些意外。”

“是吗？其实是她主动提出来的。”

“是吗？”

“她说如果因为她的不小心而惹出了一些麻烦，不管什么样的事，她都会去做，就算是跑腿也行。我觉得这正好，就选她来运送了。那个女人不会多管闲事，正好合适。”

“确实什么都没有问。”

“对吧？我看人是不会错的。全都顺利解决了。按照之前说好的，我给你准备了副所长的位置，你就等着吧。”

“真是非常感谢。”

挂断电话，栗林感受到别人看自己的视线，于是看过去，正好和坐在床上的秀人四目相对。

“干吗，怎么了？”

儿子只是摇了摇头。

“到晚饭时间了，去餐厅吧。今天晚上要不要开瓶红酒呢？”栗林不经意间变得话多起来。

到了餐厅才发现，今天是吃和食。于是栗林改变方针，点了当地的酒。同样还是心情愉快。

可是对面坐着的秀人却看起来不是很兴奋，一副冷漠的表情沉默地动着筷子。

“看起来你没什么精神啊。”栗林说，“我明白，你很在意那个女孩子吧？我也听说了，那个女孩好像喜欢高野君的哥哥。高野君的哥哥确实是个很不错的小伙子，但是等你上了大学，你也可能会变成那个样子。而且说起来失恋这东西，就是要体会多了人生才会有意——”

秀人抬起头，抢过了栗林的话头：“爸，我没那么在意。”

“哎？是吗？”

“虽然有点吃惊，不过也没办法，毕竟对方是本地人。”

秀人的口气听起来不像是在逞强，更像是接受了事实。中学二年级的孩子，这样也算是有所成长吧。

“比起这个，那件事怎么样？”秀人反过来问。

“哪件事？”

“巡逻队员说的那件事。还是报警比较好吧？”

栗林躲开儿子的目光，看向四周。毕竟要是被别人听到就糟了。

“你不用想这种事。”

“为什么？我可是你的儿子，父亲做错事了，我可不能放过。”

这话直刺进栗林的心里。

“父亲有什么事做错了吗？”

“是吧？隐瞒了危险的生化武器的事。”

栗林用食指比画着说：“声音太大了。”

“你这么做就不对。”

栗林凑近儿子说：“有时候也是迫不得已。”

“为什么？为了世界？人民？不是吧，只是想要保护自己吧？”

栗林无言以对。儿子说得对，栗林自己也是这么想的。要是能把一切都说明该有多痛快。

接着就是尴尬无言的晚餐，结果酒只喝了一半。

栗林怀着沉重的心情回到了房间，无法再直视儿子的脸。

“爸，”秀人对栗林说，“我有重要的事。”

“重要的事？”

“和刚才那个话题有关。”

“又来了。”栗林摆了摆手，“这个世界上有些事是没有办法的，你总有一天也会明白的。”

“不是，不是那么回事——”

“等一会儿，有电话。”栗林拿起手机，是一个不认识的电话号码，“你好，我是栗林。”

“是我，东乡。”

“啊，您好。”栗林觉得很奇怪，之前东乡从来没有用手机给自己打过电话，“怎么了？”

“还没来啊。”

“还没来？什么东西？”

“折口。还没有过来，怎么回事？”

“这个……”栗林看了看表，应该早就到了，“好奇怪，您给她打电话了吗？”

“接不通……”

栗林的胸中涌上不祥的预感。一个可能性浮了上来，但是他不敢说出口。

“还有一件事。”

“什么事？”

“你知道有警备公司来定期进行安全检查吧？”

“知道。”

“我刚才接到联系，说在我的办公室查到了奇怪的信号，很有可能是被安装了窃听器。所以我才出来用手机给你打电话……”

栗林的脑海中咣当一声巨响，心跳加速，头开始钻心地疼，呼吸也变得困难起来。

“喂喂，栗林君？喂喂，听得到吗？”

栗林没有力气回答，在床上躺成了一个大字。

43

千晶今晚喝的是烧酒。根津喝着威士忌，吃着经常吃的那些菜。

“真是戏剧般的三天啊，被遛得晕头转向。”根津摸着擦伤后贴上创可贴的下巴，苦着脸说，“受个轻伤就解决了真是幸运。”

“但是回想起来还挺有意思的，也挺刺激。”千晶大大咧咧地说。

根津苦笑道：“你还是一如既往地神经大条啊。说起来你和那个条纹图案帽子的对决很精彩啊，看到的人都在推特上讨论起来了。”

千晶拿出手机，调出画面展示给根津说：“就是这个吧。”

画面上是千晶和那个男人一边滑一边拿着滑雪杆对打的照片，评论是：“偶遇雪上对决，摄于里泽温泉滑雪场。”

“真是胡来的家伙。”

“我那时完全顾不得其他了。”千晶收起手机说，“但是也是一个很好的练习。”

“练习？”

嗯，千晶笑着说：“已经很久没有像那样认真地互相追逐了。想要竞争的心又复活了，这次的比赛没准能有好成绩。”

根津停下剥着毛豆的手，看向千晶。从她的表情上来看，她似乎已经重新找回了自信。

“你一定能行。”

“一定。”千晶喝了口酒。

“还得要感谢那个戴条纹帽子的人。”

“也是，不过我对高野先生家更感动。”千晶说，“不能因为有人遭遇不幸，就放弃了自己对幸福的追求。这种事没有人会希望发生的，我有只有我才能做的事，也有我应该做的事，只要坚持下去，一定会帮到别人。听了他们的话，我才变得相信这些。”

这段话铿锵有力，让根津确信这家伙已经没有问题了。于是他什么都没说，举起了酒杯。千晶也举起酒杯和他碰了一下。

已经快要到十点了，还有一件事让根津在意。

“秀人君怎么样了呢？”千晶似乎和根津想的一样。

根津喝了口酒，表示不清楚。

“不知道他是否说服了栗林先生。”

“不好说。但是栗林先生也没法反抗秀人君吧。毕竟决定性的证据已经在秀人君手里了。”

千晶拿起杯子，笑起来：“真是让人吃惊啊。”

“当然了。没想到最后的最后竟然是这种结局。”

根津知道这事是在栗林拄着滑雪杆走出布谷鸟之后。不知为何秀人还留在店里。千晶向他挤眉弄眼，指着保温箱的里面。根津打开一看吓了一跳，因为那个玻璃容器就装在里面。原来是根津在和栗林争论的时候，秀人从收纳容器中将其拿了出来。千晶在旁看得一清二楚。

秀人对他们说他一定要想办法说服栗林，所以希望在那之前能把玻璃容器保存在他们这里一段时间。

根津他们同意了，和秀人约定负责任地保管玻璃容器。

现在那个危险的生化武器就在根津家的冰箱里，用戴着条纹图案帽子的男人带着的食品用密闭容器装好，外面又套了很多层塑料袋。

“看来约会还要再推迟一段时间了。”

千晶耸了耸肩：“还要庆祝胜利呢。”

两人再次碰杯。

“还有一件事要问你。”

“什么？”

“桑果色是什么颜色？”

44

濑利千晶在里泽温泉滑雪场举办的单板滑雪比赛中获得胜利的晚上，网上流传起了奇怪的新闻。

使用伪造的护照，想要假装别人出国的女人在成田机场被抓获。这件事本身并不稀奇，但是女人所持有的神秘物件成了话题的中心。

女人把一个可疑的金属容器放在旅行箱里，打开一看，里面竟然堆满了已经开始融化的冰冻法兰克福香肠。

女人声称这不是自己的东西。

东野圭吾 × 上村爱子

滑雪与小说

一位是日本首屈一指的推理小说作家，对滑雪有着超乎寻常的热爱，出版了三部雪山推理小说的东野圭吾。

另一位是日本著名的滑雪世界杯综合冠军，热爱阅读，喜爱东野圭吾作品的上村爱子[①]。

两个对雪与山与小说无比热爱的人，第一次有了坐下来慢慢聊天的机会。

接下来，呈现给读者的是“东野圭吾雪山祭”特别对话。

---

① 上村爱子，1979 年出生于兵库县，2 岁时移居长野，随后开始滑雪。1996 年第一次参加瑞士迈林根世界杯系列赛决赛，获得第三名的好成绩。1998 年在长野冬奥会上获第七名；在 2002 年盐湖城冬奥会获第六名；2006 年都灵冬奥会获第五名；2010 年温哥华冬奥会获第四名；2014 年索契冬奥会获第四名；2008 年，成为日本第一个获得世界杯女子滑雪综合冠军的选手。

紧张的会面

上村：这是我和您第三次见面吧。

东野：第一次是《雪国之劫》电视剧特别版的记者招待会。第二次是前几天，电影《疾风回旋曲》的试映会。

上村：我从《白夜行》开始就一直阅读您的作品，是您的超级粉丝。今天第一次有机会坐下来跟您好好聊天，有点紧张。

东野：我对上村小姐最初的印象是长野冬奥会，那时觉得您十分高大。或许因为之前总是在电视里看见您，又因为您是竞技运动员，才有了这种印象。初次见面时我还吓了一跳，咦，原来是个子这么娇小的女生。

上村：那时我穿着白色连衣裙，打扮得非常淑女。如果穿上滑雪服，感觉可能又不一样了。

东野：您送过我一副签了名的护目镜。演员渡边谦先生也说收到了同样的礼物，他说“签名太贵重了，完全不舍得用”（笑）。您送的护目镜，也被我郑重地摆在办公室了。

上村：太感谢了，这是我的荣幸。

电影《疾风回旋曲》的精彩之处

上村：非常精彩，看完的瞬间我甚至想站起来鼓掌。故事本身当然很有意思，还有一些画面让人忍俊不禁。滑雪的镜头非常真实。我喜欢这种不矫揉造作的、真实的刻画方式。这真是一部出色的滑雪电影。

东野：写这部作品的初衷，是想让读者知道滑雪运动是多么有趣、滑雪场是个多么有意思的地方。除此之外，还想告诉大家亲情的珍贵和滑雪场规则的重要性。

上村：电影和小说都非常有趣，让我感受到人与人之间的温暖。

东野：其中有一个场景是这样的，男孩儿和女孩儿在滑雪场快要吵起来了，双方都很烦躁，这个时候，女孩突然问了一句："没受伤吧？"这里体现了她对男孩儿的关心。这样的细微之处如果能被您注意到，我是很开心的。

上村：亲情也是重要的主题之一吧？

东野：小说里着重描写了家庭成员间的沟通。我希望曾经有过双板或单板滑雪经历的父母能因为这部电影，产生带着孩子再去一次滑雪场的冲动。

上村：我偶尔也会和妈妈一起滑雪。我们俩平时关系就挺好的，不过在家时，我总是被妈妈教育，到了滑雪场，反而成了妈妈的教练，两人聊天的内容也跟在家时不一样。总之，挺有趣的。

东野：日本是被瑞雪眷顾的国家，我们不该浪费这得天独厚的自然条件。所以，我非常希望大家来雪山玩一玩。双板滑雪、单板滑雪、雪橇都是不错的选择。

上村：我跟您有相同的感觉。退役之后有好几年的时间，每年我都期待初雪。就如同到了夏天一定要去海边一样，我也希望冬天的时候，大家能多去雪山玩一玩。

故事的发生地野泽温泉村

上村：《疾风回旋曲》《风雪追击》《恋爱的贡多拉》中的里泽温泉村，原型是野泽温泉村，您为什么会选择野泽呢？

东野：写《疾风回旋曲》之前，我曾去过好几个滑雪场收集素材，脑海中总有一个模模糊糊的想法——要寻找点什么。后来到了野泽，我问向导："你能光凭照片认出是哪个滑雪场吗？"对方回答："能通过在远处看到的景物辨认出来，比如雪山的山脊线、树木的生长状态、雪的堆积状态等。"就是这句话给了我灵感。除此之外，其他方面也给我留下了不错的印象，所以我才把故事发生地定在野泽。

上村：《疾风回旋曲》开头凭借照片寻找滑雪场的情节特别有趣，描绘的景色、事物都是我曾经见过的，非常真实。读书的时候，我总是忍不住想"有的，有的，是那个地方"，这种阅读体验蛮愉快的。您喜欢野泽温泉吗？

东野：当然喜欢。最初去那里是为了收集素材，后来我每年都去。那里的滑雪场很宽敞，雪的质量也很好，我玩得很开心。之所以会产生真实感，大概是因为选择了具体的地点，其他作品也是如此。在"加贺恭一郎"系列里，我选择了日本桥。因为选择了特定地点，所以会出现一些实际存在的景物。电影里出现过的"滑降咖啡馆"完全还原了那家作为原型的咖啡馆，"野泽菜担担面"也是真实存在的一道菜。正因为有实际存在的事物做背景，作品最后才呈现出良好的效果。

上村：像野泽那样，城镇与滑雪场融为一体的地方是很少见的，二者的关联性很强。

东野：《风雪追击》的故事只有放在野泽才成立。故事里出现了许多居民，给予主角各种帮助。写作时，我是一边想象“这个地方的人应该无比热爱滑雪场”一边进行创作的。

《恋爱的贡多拉》令人心跳加速

上村：《恋爱的贡多拉》腰封上有这么一句话，“这段恋情的终点，究竟是天堂还是地狱”？当时我就好奇，里面大概有悬疑要素吧？到底是怎样的一个故事呢？读了之后才发现，构成故事的是一个接一个的反转，太有意思了。我一口气把它读完了！许多场面令人忍俊不禁，原来东野先生还能写出这样的小说。和出轨对象旅行时遇到正牌女友，三人还恰好乘坐同一辆贡多拉……我觉得现实生活里要是遇到这样的事应该会很尴尬。同时又忍不住为书里的情节感到心跳加速、坐立不安。

东野：那是以男性视角创作的故事！我非常想知道女性的感受（笑）。您对登场人物有怎样的看法？

上村：我不喜欢水城那种类型的男性（笑），不喜欢那种花言巧语、左右逢源，对女性心理分析得头头是道的男人。我喜欢日田那样的男生，虽然有些木讷，但只要耐心地与他沟通，他也会给予理解。

东野：《恋爱的贡多拉》原本是这本杂志上的连载，一开始只是抱着玩玩的心态在写（笑）。编辑却一个劲儿催我，“快写！快写！”我自己也吓了一跳——“在一本专门介绍滑雪的杂志上连载小说？！”每个短篇都有小设计，加入了许多惊悚的反转。只有《双板滑雪之家》不太一样，是个比较暖心的故事。

上村：非常棒！父亲这个角色尤其出彩。这位双板滑雪爱好者的父亲，身上许多地方都让我产生了共鸣。

新作品《风雪追击》带来的震撼！

上村：《风雪追击》是雪山系列的第三部小说。和前两部作品一样，根津和千晶这两个角色作为配角登场，但是这部作品无论是风格还是场景设定都跟之前的作品完全不同。主舞台虽然还是滑雪场，故事的开端却是一起发生在东京的谋杀案，有一种刑侦小说的严肃感和独特魅力。您是从一开始就构思好了，要对第三部小说的背景和风格做一些改变吗？

东野：这并非有意为之，但如果一直重复相同的套路，读者会感到厌倦，身为作者我也会感到厌烦。不过，我预先给这些故事设定了一个主题——“要寻找点什么”。《雪国之劫》里是炸弹，《疾风回旋曲》里是生化武器，那么，下次该寻找些什么呢？“找人！”找人的话，必然是一位美女。那么，为什么要寻找一位美女呢？什么样的紧急状况会迫使人们寻找一位美女？这样一路联想，故事的框架就渐渐出来了。

新作品的故事发生地也在东京。《雪国之劫》是一个从头到尾发生在滑雪场的故事。《疾风回旋曲》的开端在东京，随后，故事重心转移到滑雪场。《风雪追击》里增加了不少东京的戏份。总而言之，我想把城市里的人带到滑雪场去。我想告诉读者，滑雪场离我们绝不遥远，只要花两小时就能到达。

上村：为拉近雪山与城市的距离而创作，实在令人钦佩。我也觉得雪山离城市很近，但普通民众似乎不太了解，挺遗憾的。

东野：开车或者坐新干线都能到达雪山。《恋爱的贡多拉》里也有角色是当天往返的。我希望这些信息能更加广泛地为人所知，所以才偷偷地在作品里强调。直到五月末，我还会去滑雪场滑雪，许多人却感到不可思议：“五月末还能滑雪？！”我希望大家明白，冬季运动离我们并不遥远，它是一种极其便利的、能使身心得到长期放松的运动。如果我的作品能成为大家了解冬季运动的契机，那将是我的荣幸。

寄托在“雪山三部曲”的愿望

上村：读《雪国之劫》和《疾风回旋曲》时，我希望千晶一辈子都做跟滑雪有关的工作。在《风雪追击》里，看到她说“回老家，再也不碰滑雪板”时，真的吃了一惊，很受打击。

东野：运动员总有一天要退役，我一直想围绕这个主题写一段插曲。最后，还是把它写成了运动员不得不面对的诸多考验中的一个。我虽然不是运动员，写作时却有一种想为他们发声的情感在里面。比赛时是怎样的一种心情？眺望雪山时是怎样的一种心情？雪山的魅力是什么，等等。当然，让普通读者享受故事永远是我的第一目标，同时，我也非常希望运动员们能读一读这本小说。

上村：千晶最后做了怎样的选择呢？有些读者还没看过，所以我就不剧透了。但是可以告诉大家，那是个令人心情舒畅的结局。

东野：“雪山三部曲”要在这里告一段落了。老实说，有些恋恋不舍。或许有人会说“那就多写一点嘛”，但我已经写不出来了（笑）。总之，关于雪山，我已经写完了所有想写的故事。

最开始创作完全是出于对单板滑雪的喜爱。书里既描写了滑雪运动，也描写了滑雪场。如果我的作品能为滑雪场的繁荣做出一点贡献，我就感到满足了。希望日本的美丽雪景变得更加生机勃勃。

东野圭吾 × 新潟滑雪粉丝俱乐部

“单板滑雪玩得最好的是谁？”

这个问题催生了“SNOWBOARD MASTERS”活动。

活动将于4月7日（星期六）、8日（星期日），在赤仓观光风景区滑雪场召开。

作为本次活动的特别采访中，我们收到了“SNOWBOARD MASTERS”的发起人、作家东野圭吾先生寄来的问候，其中包含了他对本次活动寄予的期望、邂逅单板滑雪时发生的故事等。

本届平昌冬奥会，日本可谓出尽了风头。我为羽生选手的表现力沉醉，为小平选手的体育精神感动。即便是无缘奖牌的选手，他们拼搏的姿态也显得异常动人。

但在这次比赛中，让我印象最深的并非日本运动员，而是捷克女运动员埃斯特尔·莱德茨卡，她的辉煌成就，着实令人震撼。毕竟，她一举夺下了高山滑雪和单板滑雪两个项目的金牌。原本大家以为她是单板滑雪平行大回转项目的热门夺冠选手，但在此前举行的高山滑雪超级大回转项目中，她虽然被排在第二十六位出发，却后来居上，勇夺冠军，令全世界震惊。在接下来的单板滑雪项目中又取得压倒性胜利，漂亮地夺下两枚金灿灿的奖牌。哎呀哎呀，在她面前，大谷选手也要自愧不如。

虽然我们与莱德茨卡不在一个水平上，但我想，雪国长大的朋友里，同时会双板滑雪和单板滑雪的，应该不在少数，我就是其中之一。和初学滑雪的女儿一起时，我通常会选择双板滑雪，和朋友们一起时，会选择单板滑雪。虽然两个项目都玩得不好，但依旧乐在其中。

我最开始练习的项目是双板滑雪，那时念初中三年级。前一年，札幌举办了冬奥会，从那以后，我就有了尝试滑雪的想法。第一次见到滑雪场时，目之所及是一片纯白。日本居然有这么大一片娱乐场所，我惊讶到连话都说不出来了。

后来上了高中、大学之后，一到冬天我就会去滑雪场，当时通常会坐夜间巴士去。对我来说，最远的地方是妙高。因为远，所以想尽可能在那儿多待几天。当然，费用也是不菲的。每当我把兼职工资存起来时，都会对自己说："太好了，这下可以去妙高了。"

离开校园之后，我依然坚持滑雪，但期间受过一次重伤，之后便逐渐远离了滑雪场。讽刺的是，不久之后，电影《带我去滑雪》热映，全国上下掀起了空前绝后的滑雪热潮。当时，我住在关越自动车道大泉 IC 附近。一到星期五，高速路口便排起了长长的车队。我目瞪口呆地看着这一幕，事不关己地想，大家真不容易呀。

后来发生的事大家都知道了，泡沫经济崩盘后，滑雪热潮也一下子熄了火。我甚至没有一次想起过洁白的滑雪场。

然而，某天夜晚在小酒馆喝酒时，我认识了一个叫 M 的人。M 先生就职于出版社，负责一本与单板滑雪相关的杂志。

"单板滑雪？啊，是那个啊。"我知道这种运动在年轻人中间很流行，也知道双板滑雪爱好者对此是不屑的。

M 先生问我有没有兴趣尝试，如果有的话，要送我一块新滑雪板。那时我已快四十四岁了，虽然觉得莽撞，但还是答道："等你的新滑雪板到了再考虑。"

几天后，滑雪板真的到了。如此一来，我可没法再推托了。于是冲进神田的运动商品专卖店，配齐了全套装备。虽然得到了一块滑雪板，却使我多了一笔计划之外的开销，回家的时候，心情有点不快。

随后，我与我的责任编辑们踏入了 GALA 汤泽滑雪场。新干线的车站与贡多拉车站是直接连在一起的，这令我十分吃惊。

那天是 2002 年 2 月 28 日，对我来说，是非常特别的一天。

单板滑雪很难。比起滑雪的时间，在雪地上挣扎的时间明显要长得多。出门时做好了各种防寒措施，到头来全身被汗水浸湿。即便如此，我还是体会到了远超痛苦的乐趣。一把年纪的大叔连摔好几个跟头这一事实，也让我笑出了声。

我一边在雪里打滚，一边想，这项运动或许适合我。

十六年过去了，现在看来，最初的直觉是正确的。每年，我都要抽出二三十天的时间滑雪。与工作伙伴一起去汤泽变成了年末的惯例，也去过多次长野和北海道。日本真是一个美好的国家。

通过单板滑雪，我遇到了形形色色的人，学到了各种各样的知识，有了许多新体验。如果不玩单板滑雪，我大概不会养成确认天气的习惯，也不会知道诱发雪崩的原理。不爱长时间泡澡的我，大概也不会如此频繁地前往温泉胜地。基于这些体验创作的作品，并不只有一两部。

许多人问我，滑雪有什么乐趣，为什么那样乐此不疲？面对这些问题，我总是词穷。说明起来异常困难，并且，每个人的答案或许不一样吧。

然而，有一点可以确定。那就是，滑雪时不使用任何推动力，便能以每小时数十公里的速度移动，这在日常生活中体会不到。有时，可以从一座山的山顶瞬间滑到山脚。而且，那感觉并非千篇一律。它会因为滑雪场的不同产生改变；也会因为当天客观条件的不同而发生巨大变化；即使在同一天、同一个滑雪场滑雪，也会因为滑雪者本人技术水平的高低而变化。

所以，我从来不曾感到厌倦，也产生了想精进技术的愿望。在滑雪场上我看见姿势潇洒的滑雪者时，总会感到羡慕，想知道他们滑雪时的感受。那种想法，与观看奥运赛事时的想法明显不同，那些运动员非人类般的技艺，注定与自身无缘，从而放弃得很干脆。

姿势潇洒地玩单板滑雪——要是有这方面的比赛就好了。仅凭速度和姿势的漂亮程度决定胜负。越想越令人兴奋。有没有谁能满足我这个愿望呢？

某一天，恶魔在我耳边低语。他说，没人举办这种比赛的话，你自己办一个不就好了吗？

哎呀，你在说什么呀，我一个门外汉有那么大能耐吗？

然而，想举办一个闻所未闻、见所未见的比赛的想法却一天比一天强烈。仔细想想，现在我所拥有的一切都是拜单板滑雪所赐。如果没有遇到单板滑雪，现在的我一定过着极其乏味的人生。这样一想，便觉得这也许是个回报的好机会。

那么，就试试看吧。我下定了决心，与形形色色的人商讨。本以为会被人轻视，没想到所有人都觉得值得一试，因为近些年来大型赛事逐渐消失了。比赛究竟能不能举办成功，我不知道。等待我的或许是惨痛的失败。但是，如果能让全国的单板滑雪者汇聚一堂，展现潇洒的滑雪姿态的话，仅仅是这样，我这个花甲老头就感到心满意足了。

有劳各位。

东野圭吾

SNOWBOARD MASTERS 发起人

Message From 东野圭吾

初次挑战单板滑雪是在2002年2月28日。那时我已44岁。周围有人劝我，叫我一把年纪别那么冲动。这大概是因为，在人们心中，单板滑雪等于危险运动吧。

实际上当时，我自己也是提心吊胆的。仅仅稍微体验了一下，便要把它当作终身爱好。

然而，单板滑雪的乐趣是超乎想象的。虽然我有一半以上的时间都花在了摔跤和起身上，但偶尔获得的快感，却牢牢地俘获了我的心。

之后的十几年，我每年都要抽出二三十天的时间滑雪。虽然技术并不怎么高明，但自认对单板滑雪的魅力具备充足的发言权。

朋友们经常问我："你啊，老是玩单板滑雪，应该能在空中连续转圈圈吧？"

"不能。"我当即答道，"那种事怎么能做到。"

"要不就是能一跳跳得老远。"

"也不是。这肯定做不到。"

"那是什么？你去滑雪场，到底是去做什么的？"

"滑雪啊，在雪地上舒舒服服地滑雪啊，仅此而已。"

不了解单板滑雪的人，经常会出现这种理解偏差。

大概是因为奥运赛事太深入人心了。然而，单板滑雪并不只是在空中表演杂技，在雪地上舒舒服服地滑雪也叫单板滑雪。即使这样大声解释，明白的人也寥寥无几。

于是，我突然产生了一个念头，要是有一个单纯比较雪上滑行能力的比赛就好了，既有超高的速度，又能展现优美的姿势——一个找出最强单板滑雪玩家的比赛。但遗憾的是，目前好像并没有这种比赛。

既然如此，那就办一个吧。这个想法造就了今天的活动。

原本只是门外汉的设想，没想到能获得专家们的支持。他们纷纷告诉我，自己也曾有过同样的想法。

单板滑雪使我的人生变得丰富多彩。如果没有遇到单板滑雪，我就不会是现在的我。这个比赛，也是我对单板滑雪的报恩。希望大家踊跃参与。

版权登记号：01-2020-5662

图书在版编目（CIP）数据

疾风回旋曲 /（日）东野圭吾著；苏友友，陈修齐译．—北京：现代出版社，2020.9

ISBN 978-7-5143-8685-1

Ⅰ．①疾…　Ⅱ．①东…　②苏…　③陈…　Ⅲ．①推理小说－日本－现代　Ⅳ．①I313.45

中国版本图书馆 CIP 数据核字（2020）第 122458 号

疾风回旋曲

著　　者　【日】东野圭吾
译　　者　苏友友　陈修齐
责任编辑　赵海燕　王　羽
出版发行　现代出版社
通信地址　北京市安定门外安华里 504 号
邮政编码　100011
电　　话　010-64267325　64245264（传真）
网　　址　www.1980xd.com
电子邮箱　xiandai@vip.sina.com
印　　刷　三河市宏盛印务有限公司
开　　本　880mm × 1230mm　1/32
字　　数　160 千字
印　　张　9.25
版　　次　2021 年 3 月第 1 版　2021 年 3 月第 1 次印刷
书　　号　ISBN 978-7-5143-8685-1
定　　价　59.80 元

寻找唯一的真相

CRIMASTER

	TOP 1
	TOP 2
	TOP 3
汤川学（神探伽利略）	TOP 4
秦风	TOP 5
野田昊	TOP 6

受害者信息

姓名	
性别	
年龄	

受害原因

受

（人

人

图）

涉案人员

1

2

3

4

作案动机

1

2

3

4